서문문고
174

성 도밍고 섬의 약혼

클라이스트 지음
박 종 서 옮김

⊠ 성 도밍고 섬의 약혼

해 설

朴 鍾 緒

하인리히 폰 클라이스트(Heinrich von Kleist·
1777~1811)는 반고전주의(反古典主義) 작가이다. 그
는 1777년 10월 18일 오더 강변에 있는 프랑크푸르트
에서 군인의 아들로 태어났다. 그래서 그도 포츠담에
있는 프로이센 친위병 연대에 들어갔다가 1799년 봄에
제대를 하고 프랑크푸르트 대학에서 수학과 물리학을
연구하는 한편 철학과 라틴어 연구에도 몰두했다. 칸트
철학을 연구하면서부터 그는 인간이 이성만으로 사물의
본질을 파악할 수 없다는 것을 깨닫고, 작품 활동에 있
어서도 이성보다 감성적으로 기울어지게 되었다.

　선천적으로 내성적인 기질을 타고난 그는 공적인 대
인 접촉이 적었기 때문에 친구다운 친구도 별로 없이
대학 시절에는 누나 울리케의 여자 친구들을 만나며 나
날을 보냈다고 한다. 그러는 가운데 그는 이웃에 사는

쳉게 장군의 맏딸 빌헬름 미네와 알게 되어 약혼까지
하게 되었다.

군대 생활과 가정의 반대로 좌절되었던 그의 창작에
대한 의욕이 다시 살아난 것은 23세 때 신병 요양을 위
해 서독의 뷔르츠부르크에 체류하는 동안 아름다운 그
지방의 자연을 대하게 된 다음부터였다고 한다. 고루한
지식과 틀에 박힌 세속 생활에 염증이 난 그는 문학에
서 자기 세계를 찾아보려고 했다.

1801년 울리케와 같이 유럽 각지를 유람하다가 1년
동안 파리에서 지내려고 했으나, 그 도시의 퇴폐적인
풍토가 도리어 그의 기대를 좌절시키고 말았다. 루소의
영향을 많이 받은 그는 허위적인 문명세계에서 멀리 떠
나 스위스에서 전원 생활을 할 결심으로 약혼녀인 빌헬
름 미네에게 편지를 보냈으나, 그녀는 병을 빙자하며
그의 뜻을 거부했다.

1802년 투너 호(湖)에 있는 작은 섬에서 비교적 낭
만적인 생활을 하면서 그해 5월 20일 그녀에게 마지막
으로 편지를 보냈으나 회신이 없었다. 그렇지 않아도
고독에 잠겨 있던 그는 결국 유일한 애인마저 잃게 된
것이다.

그런데 천재에게는 언제나 광증(狂症)이 따르게 마련
인지 모른다. 그는 내성적이면서 비밀이 많았고, 생전

에 일기장 같은 것을 모두 태워 버렸기 때문에 그의 일
생에는 아직도 많은 수수께끼가 남아 있다. 그는 어느
파에도 속하지 않고 고전주의와 낭만주의의 중간에 서
서 헵벨이나 입센 같은 작가에게 영향을 미친 것으로
보아 사실주의의 선구자라고 할 수 있다.

사랑도 잃고 명예도 저버린 그는 나폴레옹에게 유린
된 조국의 운명을 염려하는 나머지, 자유전쟁(自由戰
爭)에서 누구보다 선두에 서서 붓대를 들고 헌시(獻詩)
를 쓰기도 하고, 애국적인 잡지 〈게르마니아〉를 발간하
는 데 동분서주하기도 했다. 이 점에서 세계주의적인
괴테와는 대조를 이루고 있다.

그 당시 독일 문학의 쌍벽이었던 괴테와 실러의 그늘
에 가려서 별로 빛을 보지 못한 탓도 있겠지만, 그의
작품은 출판이나 상연이 불가능했기 때문에 그는 언제
나 생활고에 허덕였었다. 그 후 먼 친척인 마리아의 소
개로 프로이센 황실에서 장학금을 받으면서부터 가정과
는 거리가 더욱 멀어졌다.

1809년 그런 대로 전세(戰勢)를 회복했던 오스트리
아 군이 바그람에서 참패했다는 소식을 들은 그는 서둘
러서 아른트 · 아르님 · 후케 같은 낭만주의 작가들과 같
이 〈베를린 석간〉을 발간하여 정부의 우유부단한 시책
을 공격하기도 했는데, 그것도 멀지 않아 정간 처분을

당하고 말았다.

모든 희망을 잃어버린 그는 사랑하는 조국의 운명이 날로 기울어지자 죽음까지도 각오하지 않을 수 없었다. 그때 한 친지의 소개로 재색을 겸비한 헨리에테 부인과 알게 되었다. 그녀도 불치의 병으로 세상을 비관하고 있었기 때문에 그들은 급속도로 가까워졌다. 친지의 요구라면 뭐든지 다 들어 준다고 말하는 클라이스트에게 헨리에테는 자기를 죽여 달라고 애원한다. 그러자 그는 서슴지 않고 나는 약속을 지키는 사람이라고 대답한다.

그의 작품은 그가 너무 단명했기 때문에 괴테나 실러처럼 원숙한 맛은 없으나 천재적인 소질이 밑받침되어 있기 때문에 비극적이며, 단편까지도 극적인 요소를 다분히 지니고 있다.

1811년 11월 21일 클라이스트는 헨리에테와 함께 포츠담에서 떠난 지 약 두 시간 후 반 호반에 나타났다. 두 손을 가슴에 얹고 쓰러져 있는 헨리에테의 시신 위에 자신의 머리를 피스톨로 쏘고 쓰러진 불행한 천재 클라이스트는 34세를 일기로 그의 짧은 생애의 막을 내리고 말았다. 그의 단편 ≪성 도밍고 섬의 약혼≫은 마치 그의 종말을 암시한 것 같기도 하다. 그의 생애는 그야말로 겸양을 지닌 명랑한 유부녀와의 이중자살(二重自殺)을 피날레로 한 파란과 애정과 고뇌의 연속이었다는 것은 온 세상이 다 아는 바이다.

그는 원래 희곡작가였지만 소설 분야에 있어서도 강렬하고 순수한 효과를 남겼다고 할 수 있다. 작중 인물의 가슴속에서 우러나오는 감정과 의욕과 사랑과 고뇌를 바탕으로 작품을 전개시켰기 때문에 그의 소설은 다분히 극적인 면을 보여 주고 있다. 또한 작중 인물이 생명력이 넘쳐흐르는 점에서 그는 다른 작가의 추종을 허용치 않고 있다. 그러나 너무 젊은 나이여서 이념에 대해서 눈을 뜨지 못했던 그의 작품에는 여러 가지 법칙이나 조화, 그리고 자연스러운 멋이 결여되어 있다. 이 책에 수록된 《성 도밍고 섬의 약혼》, 《칠레의 지진》, 《O 후작 부인》은 그가 작품 생활을 하면서 가장 풍요한 결실을 맺은 쾨니히스베르크에 체재하는 동안에 남긴 것이다. 그는 양적으로 많은 작품을 남기지는 못했지만 그의 소설은 독일 산문계의 주옥이라고 할 수 있다. 이러한 그의 소설의 특징은 작중 인물의 심리 묘사나 환경 묘사에는 가급적 붓을 줄이고, 오로지 신선한 사건 전개에 역점을 두고 있는 데 있다고 할 수 있다.

《성 도밍고 섬의 약혼》에서는 죄악의 심연에 빠졌던 인간이 사랑의 힘에 의해 그 본연의 자세로 되돌아온다는 한 흑인 소녀의 이야기이다. 여기서 그녀는 몸소 순결한 애정을 위해 생명을 초개처럼 버리고 있다.
그리고 작가는 이 작품에서 이미 인종문제를 다루고 있
지만, 그때부터 1세기 반이나 지난 오늘날까지 그 문제
는 아직 별다른 해결점을 찾지 못한 것 같다.

그리고 ≪칠레의 지진≫에서는 진재의 참화 속에서
피어난 아름다운 인정과 종교의 미명하에 벌어지는 인
간의 잔인성을 묘사하고 있으며, 또 ≪O 후작 부인≫에
서는 성 문제를 취급하여 성문학(性文學)의 선구를 이
루고 있다.

1975년 봄에

성 도밍고 섬의 약혼

성 도밍고 섬의 약혼

성 도밍고 섬의 프랑스 영토인 포르토프랭스에서 흑인들이 백인을 학살했던 19세기 초에, 기욤 폰 비누브 씨의 농장에는 콩고 호앙고라는 늙은 흑인이 살고 있었다.

아프리카의 황금 해안 출신이며 젊었을 적에 성품이 착하고 정직했던 이 남자는, 한때 쿠바 섬으로 배를 타고 가다가 자기 주인의 생명을 구해 주었기 때문에 주인은 그에게 무한한 호의를 베풀게 되었다.

비누브 씨는 당장 그에게 자유를 주고 성 도밍고 섬으로 돌아오자마자 집안의 터전을 맡겼을 뿐만 아니라 몇 해 후에는 그 지방 풍습을 어기면서까지 그를 방대한 농토의 감시자로 삼았다. 게다가 다시는 결혼할 의사가 없었던 그에게 자기 농장 출신이며 그의 전처와 먼 인척 관계인 바베칸이라는 늙은 혼혈녀를 아내로 삼게 해주었다.

더구나 호앙고가 60세가 되자 적지 않은 은급을 주어 은퇴를 시키고, 또 그의 유서에는 흑인에게 유산까지 배당하게 되어 있었다.

그러나 이러한 은혜의 모든 표시도 사나운 이 인간이 한번 화를 내게 되자 비누브 씨의 생명을 구할 수가 없었다. 콩고 호앙고는 프랑스 국민의회의 경솔한 처사에 따라 복수가 이 농장 저 농장에서 미친 듯이 요원의 불길처럼 일어나자, 누구보다 먼저 총을 들고 자기를 조국에서 멀리 떠나게 한 학정을 잊지 못한 나머지 주인의 머리에 일격을 가했다. 그는 비누브 씨 부인이 세 어린것과 그 지방의 다른 백인들과 같이 피신해 있던 집에 불을 지르고, 포르토프랭스에 살고 있는 유족들이 물려받을 농장을 적지로 만들었으며, 그들 소유의 모든 건물을 파괴해 버렸다. 그리고 나서 자신이 직접 모아서 무장시킨 흑인들을 거느리고, 백인들과 싸우고 있는 동료들을 돕기 위해 그 부근을 배회하고 있었다.

어떤 때는 무장을 하고 떼를 지어서, 그 지방을 지나가는 여행자들을 노리기도 하고 때로는 대낮에 집안에 틀어박혀 있는 이주민들을 습격해서 모두 죽이기도 했다. 그뿐 아니라 호앙고는 비인간적인 복수심에 불타 그가 싸우면서 젊음을 되찾은 것 같은 잔인 무도한 그 전쟁에 늙은 바베칸과의 사이의 트기인 열다섯 살 먹은 어린 딸 토니까지 가담시켰다.

그리고 그가 그때 살고 있던 농장 본관은 큰 길가에

쓸쓸하게 자리잡고 있었다. 그가 집에 없는 동안 백인
이나 그 지방 출신인 피난민들이 먹을 것이나 잠자리를
청하는 경우가 많았기 때문에, 그는 자기가 그랬듯이
백인 오랑캐들을 여러 모로 도와 주고 기분을 맞춰 주
면서 자기가 돌아올 때까지 붙잡아 두라고 여자들에게
시켰다. 젊었을 때 엄한 벌을 받은 늙은 바베칸은 폐병
을 앓고 있었기 때문에 딸 토니를 이용하는 수밖에 없
었다. 그러나 그런 경우 토니의 얼굴은 누런 기운을 띠
고 있었기 때문에, 그렇게 무시무시한 음모를 꾸미는
데 특히 필요한 어린 딸에게 가장 아름다운 옷으로 단
장을 시키는 것은 예사였다. 노파는 그녀의 마음을 돋
우며 손님들에게 몸을 허락하는 것 이외에는 어떠한 애
무도 사양하지 말라고 타일렀다. 하지만 만일 몸을 허
락하는 날에는 죽음을 면치 못할 것이라고도 덧붙였다.
그리고 콩고 호앙고가 흑인 부대를 거느리고 그 근방을
돌아다니다가 집에 들러 그런 술책에 넘어간 가엾은 백
인들을 가차없이 살해했다.

그런데 누구나 다 아는 바이지만, 1803년 데살린 장
군이 3만의 흑인을 거느리고 포르토프랑스로 밀려왔을
때, 백인이라는 백인은 모두 그 고장을 지키기 위해서
그리로 몰려들었다. 그것도 그럴 것이 그 고장은 이 섬
에서 프랑스 군대의 마지막 기지였으며, 그 고장이 함

락되면 그곳에 있는 백인은 모두 살아 남지 못하기 때문이었다. 그런데 그 후 이런 일이 있었다. 늙은 호앙고가 거느리고 있던 흑인 무리를 이끌고 데살린 장군에게 프랑스 진지 한가운데를 뚫고 탄약을 수송하기 위해 떠나고 집에 없던 바로 그날, 폭풍우가 몰아치는 어두운 밤중에 그의 집 뒷문을 두드리는 사람이 있었다.

이미 잠자리에 누워 있던 늙은 바베칸은 자리에서 일어나 스커트만 허리에 걸친 채 창문을 열고,

"거 누구요?"

하고 물었다. 그러자 낯선 사나이는,

"부탁입니다만,"

하고 창문으로 다가서며 나직한 소리로,

"제가 누구라는 것을 밝히기 전에 한 가지 묻는 말에 대답해 주시오."

라면서 어둠 속을 헤치고 마치 노파의 손을 붙잡기라도 하려는 듯이 자기 손을 내밀며,

"당신은 흑인 여자지요?"

하고 물었다. 그러자 바베칸은,

"그러고 보니 당신은 흑인 여자 얼굴을 대하는 것보다 도리어 캄캄한 어둠 속을 좋아하는 것으로 보아 틀림없이 백인이구려. 어서 들어오시오."

라고 말하고는,

"염려할 것 없습니다. 여기엔 혼혈녀가 하나 살고 있고, 나 이외에 또 이 집안에 있는 단 하나의 여자는 튀기인 제 딸뿐입니다."

라고 덧붙이고는 밑으로 내려가서 그를 위해 현관문을 열어 주기나 하려는 듯이 창문을 닫았지만, 열쇠가 좀처럼 보이지 않는다는 구실로 시간을 끌면서 옷장에서 끄집어낸 몇 가지 옷을 들고 발걸음을 죽이면서 이층 다락방으로 올라가 딸을 깨웠다.

"토니, 토니야."

"왜 그러세요, 어머니."

토니가 귀찮은 듯 대답했다.

"서둘러라. 어서 일어나서 옷을 갈아입어. 자 여기 옷이 있다. 흰 속옷과 스타킹도. 쫓기는 어떤 백인이 현관문 앞에서 안으로 들여보내 달라고 그러지 뭐냐."

그러자 토니는,

"백인이요?"

하고 침대에서 몸을 반쯤 일으키면서 물었다.

토니는 노파가 손에 들고 있는 옷을 받아들고,

"그도 혼자예요, 어머니? 그런 사람 집 안에 들였다가 걱정거리나 생기는 게 아닐까요?"

하고 물었다.

"걱정은 무슨, 그런 일은 없을게다!"

하고 노파는 등불을 켜면서 말했다.

"그는 무기도 없고 혼자야. 우리가 자기한테 대들지 나 않을까 해서 사지를 부들부들 떨고 있지 뭐냐."

이렇게 말하고 토니가 스커트와 스타킹을 신고 있는 동안 노파는 방 한쪽 구석에 놓여 있던 커다란 등에 불을 켜고, 재빨리 그 지방 양식대로 토니의 머리를 동여매고, 가슴에는 끈을 묶어 주고 나서 모자를 씌우고, 들고 있던 등불을 그녀에게 주면서 밑으로 내려가서 낯선 그 사나이를 데리고 들어오라고 일렀다.

그러는 동안에 몇 마리의 개가 짖는 소리를 듣고 낭키라는 소년이 잠에서 깨어났다. 그 소년은 호앙고가 어떤 흑인 여자와 불륜 관계를 맺고 낳은 아이로 별관에서 자기 동생과 같이 잠을 자고 있었다. 그런데 그는 달빛 아래 어떤 남자 하나가 그 집 뒤쪽 계단 위에 서 있는 것을 보자, 그런 경우에 언제나 약속되어 있듯이 문을 잠가 버리기 위하여 그 사나이가 들어온 대문 쪽으로 급히 달려갔다.

이러한 모든 조치가 무엇을 뜻하는지 이해가 가지 않은 낯선 사나이는 소년이 자기 옆으로 가까이 왔을 때, 그가 흑인 아이라는 것을 알아차리고 깜짝 놀라며 이 집에는 누가 사느냐고 물었다. 그러자 이 농장은 비느브 씨가 세상을 떠난 다음, 흑인 호앙고의 소유가 되었다고 소년이 대답했다. 순간 그 사나이는 소년을 그 자

리에 때려눕히고 그가 손에 들고 있던 대문 열쇠를 빼
앗아 가지고 밖으로 도망치려고 했다. 바로 그때 토니
가 등불을 손에 들고 현관문 앞에 나타났다.

"빨리."

하고 그녀는 그의 손을 붙잡고 문 쪽으로 그를 이끌며
말했다.

"이리 들어와요."

그녀는 등불에서 흘러나오는 불빛이 고스란히 자기
얼굴을 비추도록 등불을 들려고 애썼다. 낯선 그 사나
이는 납득이 가지 않는 점이 한두 가지가 아니었기 때
문에 어리둥절한 표정으로 그녀의 어리고 귀여운 모습
을 바라보며,

"당신은 누구요?"

하고 그녀를 경계하며 외쳤다.

"당신 말대로 내가 피신할 수 있는 이 집에는 누가 살
고 있소?"

"우리 어머니와 저밖에는 아무도 없어요, 정말이에
요."

그녀는 말하면서 그를 끌고 가려고 애쓰며 급히 서둘
렀다. 그러자 낯선 사나이는,

"뭐, 아무도 없다구?"

하고 외치고, 한 걸음 뒤로 물러서서 손을 뿌리치며,

"이 집에는 호앙고라는 흑인이 있다고 이 소년이 방금 말했는데도?"

"그렇지 않다니까 그래요."

그녀는 짜증을 내고 발로 땅을 구르며 말했다.

"그리고 이 집이 그렇게 부르는 어느 악한의 소유라 해도, 그는 지금 집에 없어요. 그는 여기서 10마일이나 떨어진 곳에 가 있어요."

하며 그녀는 누가 왔다는 것을 아무한테도 말하지 말라고 소년에게 타이르고, 낯선 그 남자를 두 손으로 끌고 집 안으로 들어가서 현관문 앞에 이르러서는 그 사나이의 손을 붙잡고 계단을 따라 자기 어머니의 방으로 데리고 갔다.

창문 곁에 붙어 서서 그 대화를 다 듣고, 불빛 속에서 그가 장교라는 것을 알게 된 노파는,

"당신이 허리에 차고 있는 그 칼은 어떻게 된 거요. 우리는 당신을 위해서……."

하고 노파는 안경을 쓰면서 이야기를 계속했다.

"우리는 죽음을 무릅쓰고 당신을 우리 집에 피신시키려고 하는데 당신은 이러한 호의를 당신네 동향 사람들의 습성대로 배신으로 갚으려고 들어왔나요?"

"천만에요."

하고 노파가 앉아 있는 안락의자 앞으로 다가선 그 사

나이가 대답했다. 그는 노파의 손을 붙잡고 그 손을 자기 가슴에 대고 몇 번 방 안을 어물어물 살펴보고 나서 허리에 차고 있던 칼을 풀며,

"당신 앞에 서 있는 사람은 세상에서 가장 불쌍한 사람이기는 하지만, 결코 은혜를 모르거나 나쁜 사람은 아닙니다."

"대체 당신은 누구시오?"

노파는 물으면서 발로 그에게 의자 하나를 밀어 주고 그 사나이를 위해서 될 수 있는 대로 빨리 저녁을 준비하라고 그녀의 딸 토니에게 시켰다. 그러자 낯선 사나이는,

"당신도 충분히 판단이 가시겠지만, 저는 프랑스 사람은 아닙니다만 프랑스 군대의 장교입니다. 저의 고국은 스위스이며, 제 이름은 구스타프 폰 데어리트입니다. 아아, 고국을 떠나지 말고 이런 불행한 섬나라에 오지 않았더라면 얼마나 좋았겠어요. 저는 지금 포르도 항에서 오는 길입니다. 당신도 아시다시피 거기서는 백인이라는 백인은 모두 살해되었지요. 저는 데살린 장군이 자기가 거느린 군대로 그곳을 포위하고 점령하기 전에 포르토프랭스까지 갈 생각입니다."

하고 대답했다.

"포르도 항에서?"

하고 노파가 외쳤다.

"그런데 당신은 그런 안색을 하고 폭동에 휩싸여 있는 흑인 땅 한가운데를 뚫고 험악한 길을 따라 여기까지 오셨으니 정말 다행이군요."

"하늘의 가호가 있었지요."

하고 그 사나이가 대답했다.

"그런데 저는 혼자가 아닙니다, 아주머니. 제가 뒤에 남기고 온 저의 일행 가운데는 저의 아저씨인 점잖은 노인이 부인과 아이 다섯을 데리고 있습니다. 그리고 그 가족에 딸린 몇몇 하인과 식모는 말할 것도 없지요. 그러니까 두 마리의 가엾은 버새의 힘을 빌려서 낮에는 군용도로에 얼굴을 내밀 수 없기 때문에 말할 수 없이 괴로운 밤길을 걸어서 제가 이끌어야 할 일행은 무려 열두 명이나 되지요."

"아이고!"

하고 노파는 동정이라도 하듯이 머리를 흔들며, 잎담배를 한 움큼 쥐면서 외쳤다.

"그런데 지금 당신의 일행은 어디 있소?"

"당신에게는……."

하고 잠시 생각에 잠겼다가 말을 이었다.

"뭐 숨길 일이 있겠어요. 당신의 피부에서는 우리 백인의 안색이 반사하고 있으니까요. 당신도 아시다시피 가족들은 여기서 1마일 가량 떨어진 갈매기 늪 근방에에서부터 이어진 산림 속 황무지에 숨어 있어요. 우리는 그저 배가 고프고 목이 말라서 어쩔 수 없이 피신처를 찾아 이렇게 길을 떠나게 되었지요. 간밤에는 이 지방 민가에서 빵과 포도주를 좀 구해 보려고 하인들을 내보냈지만 소용이 없었어요. 하인들은 붙잡혀서 살해당하지나 않을까 하는 두려운 마음에서 좀처럼 결단을 내리지 못했지요. 그래서 오늘은 제 자신이 목숨을 걸고 무슨 행운이라도 만나지 않을까 해서, 이렇게 이곳까지 오게 되었습니다. 제가 보기에 틀림 없이,"
하고 노파의 손을 꼭 끄러쥐면서 그는 이야기를 계속했다.

"하느님께서는 이 섬 주민들을 모두 사로잡은 잔인하고 엄청난 폭동에 가담하지도 않고, 동정이 많은 사람들한테 저를 인도해 주셨어요. 보수는 얼마든지 드리겠습니다만, 음식과 음료수를 바구니 몇 개에 넣어 주실 수 있을까요? 저희들은 앞으로 닷새 정도 후면 포르토 프랭스에 갈 수 있으니까요. 그곳까지 갈 수 있도록 보살펴 주신다면 우리는 당신을 생명의 은인으로 영원히 잊지 않을 겁니다."

"정말 이렇게 미칠 듯이 발광을 하는 것은,"
하고 노파는 속에도 없는 말로 꾸며대었다.

"마치 한 몸에 딸린 두 손과 입 안의 이빨들이 생긴 모양이 다르다고 서로 화를 내는 것이나 다름이 없지 뭡니까. 저의 아버지는 쿠바 섬 상 자고 출신인데, 낮이 되면 내 얼굴에 희미하게 떠오르는 빛깔을 낸들 어떻게 하며, 유럽에서 생겨서 낳은 내 딸인들 그 애의 얼굴에서 그 대륙의 흰 빛깔이 반사되는 것을 어떻게 하겠어요."

"뭐라구요!"

하고 낯선 사나이가 외쳤다.

"얼굴 생김새로 보아 어디까지나 혼혈녀이며, 따라서 아프리카 태생인 당신이 저를 위해서 이 집 문을 열어 준 귀엽고 어린 튀기인 당신 딸과 함께 우리 유럽 사람들처럼 박해를 받고 있단 말씀인가요?"

"그렇답니다."

하고 노파는 코에 걸쳤던 안경을 벗으며 대답했다.

"우리가 여러 해 동안 애쓰고 갖은 고생을 다하며 우리 손으로 일을 해서 벌어놓은 많지 않은 재산이 지옥에서 나온 사나운 이 도둑 무리들의 탐욕의 대상이 되지 않는다고 생각하십니까? 만일 우리가 약자로서 어쩔 수 없이 취할 수밖에 없는 술책과 갖은 방법을 다해서 그들의 박해를 막지 못하면 당신도 그러리라고 생각하시겠지만, 우리 얼굴에 번져 있는 흑인을 닮은 그림자가 무슨 소용이 있겠어요."

"그럴 수가 있어요!"

하고 사나이가 외쳤다.

"그런데 이 섬에서 당신들에게 박해를 가하려는 자는 누구지요?"

"이 집 주인이지요."

하고 노파는 대답했다.

"흑인 콩고 호앙고 말이에요. 폭동이 일어나자 그의 손에 쓰러진 이 농장의 전 주인인 기욤 씨가 세상을 떠난 후, 우리는 그의 세간살이를 돌보아 주면서 제멋대로 휘두르는 그의 폭력에 시달려 왔지요. 이 지방 길거리를 가끔 지나가는 백인종 피난민 어느 누구에게든 인정에 못 이겨 빵이나 음료수를 주기라도 하면 그는 갖은 욕설과 학대를 다하며, 그 책임을 우리에게 돌리지요. 그리고 그는 무엇보다 백인종에 대한 그의 학대를 비난하는 우리들을 제거하기 위해서, 또 한편으로는 우리가 남기게 될 많지 않은 재산을 수중에 넣기 위해서, 그가 말하듯이 반 개새끼나 다름 없는 백인종이나 본바닥 출신인 백인에 대해서 흑인들의 복수심을 북돋워 주는 것 이외에는 바라는 것이 없어요."

"당신들도 불행하고 가엾은 신세군요."

하고 그 남자가 말했다.

"그런데 그 악한은 지금 어디 있지요?"

"이 농장에서 일을 하던 다른 흑인들을 거느리고 데살린 장군이 요구하는 탄약을 수송하기 위해서 장군의 군대에 들어가 있어요. 만일 그가 새로운 계획을 추진하지 않으면 앞으로 10일이나 12일 안으로 돌아올 겁니다. 그리고 만일 그런 일이야 없겠지만 그가 돌아와서, 이 섬에서 백인종을 모조리 말살하는 일에 전력을 다해서 가담하고 있는 동안 우리가 포르토프랭스로 가는 백인에게 피신처와 잠자리를 마련해 주었다는 사실을 알게 되면, 당신도 짐작하시겠지만 우리는 모두 생명을 부지할 수 없을 겁니다."

"인정과 자비를 사랑하는 하느님께서,"

하고 그 사나이가 대답했다.

"불쌍한 사람을 위한 점으로 봐서 당신을 보호해 주실 겁니다. 그리고 당신은,"

하고 노파한테로 가까이 다가앉으며 그는 말을 이었다.

"흑인의 노여움을 살 만한 일을 했고, 다시 순순히 복종하는 태도를 취해도 앞으로 아무 소용 없을 테니까 당신이 요구하시는 대로 보수는 얼마든지 드리겠습니다. 피난길에 지칠 대로 지쳐 있는 저의 아저씨와 그의 가족을 위해서 조금이라도 피로를 풀 수 있도록 하루나 이틀 당신 집에서 재워 주실 수 없을까요?"

"젊은 양반!"

하고 노파가 당황해서 말했다.

"그게 무슨 말씀이오. 큰 길가에 놓여 있는 이 집에서 이 지방 주민들의 눈에 띄지 않고, 당신의 가족처럼 많은 수의 일행을 재울 수 있겠소?"

"왜 못합니까?"

하고 그 사나이는 절실한 어조로 말했다.

"제가 이제 곧 갈매기 늪가로 나가서 날이 새기 전에 직접 일행을 이 집으로 데리고 와서, 주인이나 하인 할 것 없이 모든 사람을 한 방에 묵게 하고, 최악의 경우를 생각해서 문이라는 문과 창문이란 창문은 모두 잠그도록 주의를 기울인대도 안 됩니까?"

노파는 그 제안을 잠시 곰곰이 생각해 보고 나서, 오늘밤 안으로 산골짜기에서 일행을 집으로 데려올 계획을 세우다가는 일행이 거기서 돌아오는 길에 군용도로를 걸어가는 선발대로부터 연락을 받은 흑인 무장군대와 틀림없이 만나게 될 거라고 대답했다.

"좋습니다."

하고 그 사나이가 대답했다.

"현재로서는 그 불행한 사람들에게 식료품을 바구니에 넣어서 보내는 것으로 만족합시다. 그리고 일행을 이 집으로 데려오는 일은 다음날 밤으로 미루기로 합시다. 아주머니, 그렇게 해 주시겠지요?"

"그러면……."

하고 노파는 낯선 그 사나이의 입술이 뼈만 남은 그녀
의 손에 빗발처럼 퍼붓는 여러 차례의 키스를 받으며
말했다.

"내 딸의 아버지와 같은 유럽 사람들을 생각해서 곤
경에 처해 있는 그의 동향 사람들에게 그만한 호의는
보여 드리겠소. 날이 새자마자 저 책상에 앉아서 당신
가족에게 편지를 보내 내 집으로 오도록 하시오. 당신
이 뜰에서 만났던 그 소년이 그들에게 식료품과 함께
편지를 전하고, 밤 사이에는 그들의 안전을 위해서 산
속에 머무르다가 가족들이 그 권고를 받아들이면, 다음
날 날이 새자마자 이리로 오는 길가에서 일행을 위한
안내자 구실을 할 겁니다."

이야기를 하는 동안에 토니는 부엌에서 마련한 식사
를 들고 다시 돌아와서 식탁에 준비를 하며, 낯선 사나
이를 희롱하듯 흘끗 쳐다보며 노파에게 물었다.

"그런데 어때요, 어머니. 그 양반이 문 앞에서는 몹시
두려워했는데 이제는 안정이 됐수? 독약이나 칼날이 그
양반을 기다리고 있지 않으며, 흑인 호앙고가 집에 없
다는 것을 아셨겠지요?"

그러자 어머니는 한숨을 지으며,

"애야, 화상을 입은 사람은 불을 두려워한다는 속담
도 있지만, 그 양반이 이 집에 사는 사람이 어떤 인종
이라는 것을 확실히 알아보지도 않고 들어왔다면 그야
말로 어리석은 짓이지."
하고 말했다.

처녀는 어머니 앞으로 다가앉으며, 등불에서 흘러나
오는 불빛이 고스란히 자기 얼굴을 비추도록 그것을 손
에 들었다는 이야기를 노파에게 하고,

"그러나 그이의 머리 속에 토인이나 흑인에 대한 생
각으로 가득 차 있었기 때문에 그이를 위해서 파리나
혹은 마르세유에서 온 여자가 문을 열어 주었어도 그
여자를 흑인 여자라고 생각했을 거예요."
하고 말했다.

낯선 사나이는 가볍게 그녀의 허리를 감아 안고 당황
한 어조로 그녀가 쓰고 있던 모자 때문에 그녀의 얼굴
을 바라볼 수가 없었다고 말하고는 그녀를 자기 품에
바싹 끌어안으며,

"만일 내가 지금처럼 당신의 눈을 볼 수 있었더라면,
당신의 육체의 다른 부분이 모두 검다 해도 당신과 함
께 독약이 든 술이라도 마시려고 했을 겁니다."
하고 이야기를 계속했다.

이런 말을 하면서 얼굴을 붉힌 그를 어머니는 식탁에

앉게 했다. 그러자 토니는 그의 옆 식탁에 다가앉아서 두 팔을 괴고 식사를 하는 동안 그의 얼굴을 빤히 쳐다보았다. 낯선 사나이가 토니의 나이와 태어난 도시를 묻자 어머니가 입을 열며, 토니는 자기가 15년 전에 먼저 주인인 비누브 씨 부인과 함께 유럽으로 여행을 떠났을 때 파리에서 임신하여 낳았다고 그에게 말했다. 그리고 노파는 자기가 그 후에 결혼을 한 코마르라는 흑인이 그녀를 양녀로 맞이했는데, 사실 그녀의 아버지 베르트란트는 마르세유의 돈 많은 상인이며, 그래서 그녀의 이름이 토니 베르트란트라는 이야기까지 덧붙였다.

그러자 토니는 그런 분을 프랑스에서 안 일이 있느냐고 그에게 물었다. 낯선 사나이는 그런 일은 없고, 그 나라는 워낙 크기 때문에, 자기가 서부 인디아로 배를 타고 가다가 잠깐 들렀을 때에도 그런 이름을 가진 사람은 만난 일이 없다고 대답했다. 노파는 자기가 입수한 어느 정도 정확한 소식에 의하면, 그는 이미 프랑스에는 없다고 대답했다.

"공명심과 출세욕이 강한 그의 기질은 서민적인 활동 무대에서는 만족을 느끼지 못하고, 프랑스 혁명이 일어나자 공적인 일에 가담해서 1795년에는 프랑스 공사를 따라 터키의 궁전으로 갔다가 내가 아는 바로는 현재까지 거기서 아직 돌아오지 않았어요."
하고 노파가 말했다. 낯선 사나이는 토니의 손을 잡고
미소를 지으며,

"그러고 보니 당신은 점잖고 돈 많은 집 딸이네요?"
라고 토니에게 말했다. 그는 이런 유리한 점을 이용해
보려고 그녀의 마음을 북돋워 주면서, 앞으로 언젠가
아버지의 손에 끌려서 지금 그녀가 살고 있는 것보다
더욱 훌륭한 환경에서 살 수 있을 것이라고 말했다.

"힘들 겁니다."
하고 노파는 흥분을 억제하며 대답했다.

"베르트란트 씨는 내가 파리에서 임신을 하고 있는
동안, 자기가 결혼하려던 젊고 돈 많은 애인 앞에서 부
끄러운 나머지 법정에서 이 애에 대한 부녀 관계를 부
인했어요. 나는 그가 뻔뻔스럽게도 내 눈앞에서 한 서
약을 결코 잊어버리지 않을 겁니다. 그 결과로 황열병
을 앓았고 그 후 머지 않아 비누브 씨가 나에게 내린
매 60대를 맞았기 때문에 아직까지 폐병을 앓고 있지
요."

생각에 잠겨서 머리를 손에 괴고 있던 토니는 낯선
사나이에게 그가 대체 누구이고 어디서 오는 길이며 어
디로 갈 계획이냐고 묻자, 사나이는 노파의 흥분한 이
야기에 잠시 당황한 빛을 보이더니, 자기는 갈매기 늪

가에 두 젊은 사촌형제에게 맡겨 두고 온 아저씨인 슈트림리 씨의 가족과 같이 포르도 항에서 오는 길이라고 대답했다. 그는 토니의 부탁에 따라 그 도시에서 일어난 폭풍의 몇 가지 양상에 대해서 말해 주었다.

"모두가 잠든 한밤중에 배신적인 신호에 따라 흑인의 백인종 학살이 시작되었고, 프랑스 공병대의 중사였던 흑인 두목이 악랄하게도 항구에 있던 선박을 모두 불살라서, 백인들이 유럽으로 도망할 수 있는 길을 차단했지요. 가족들은 겨우 시간을 틈타 몇 가지 재산을 들고 거리의 문 앞으로 피신을 할 수 있었어요. 만일 해안지대 여러 곳에서 동시에 폭동이 일어나면, 가족들에게는 그들이 조달한 두 마리의 버새의 힘을 빌려서 이 섬을 횡단하여, 프랑스의 강력한 군대의 보호를 받고 아직 모두가 우세한 흑인 부대에 저항하고 있는 포르토프랭스로 가는 수밖에 도리가 없습니다."
라고 이야기를 했다.

그러자 토니가 거기 살던 백인들은 왜 그렇게 미움을 사게 되었느냐고 물었다. 낯선 사나이는 어리둥절해하며,

"백인들이 이 섬의 주인으로서 흑인에 대해서 취한 전반적인 관계에서 온 것이고, 솔직히 말해서 나도 그런 관계를 정당한 것이라고 변호하고 싶지는 않아요.

그러나 수세기 전부터 그러한 상태로 계속되었으니까
요. 이 지방에 있는 모든 농장을 뒤흔든 광적인 자유
의식이 흑인들과 본 바닥 사람들로 하여금 그들을 억압
했던 사슬을 끊고, 불량한 일부 백인한테 당한 여러 가
지 비난의 대상이 될 수 있는 학대 때문에 백인들에게
복수를 하도록 만들었지요. 특히……."
하고 잠시 말을 끊었다가 그는 다시 이야기를 계속했
다.

"어느 어린 처녀의 소행은 몸서리가 쳐질 정도로 대
단했지요. 흑인종인 이 처녀는 그 도시의 불행을 배가
하려는 듯이 만연된 황열병에 걸려서 자리에 누워 있었
어요. 그녀는 3년 전에 어느 백인 이주민의 노예로 일
을 하다가 주인의 소원을 거역하는 태도를 보였기 때문
에, 주인의 감정을 사서 학대받고 얼마 후에는 본 바닥
태생인 백인에게 팔리게 되었지요. 그런데 그 처녀는
전반적으로 소동이 일어난 바로 그날, 전번 자기 주인
인 그 이주자가 미친 듯이 뒤따르는 흑인들을 피해서
가까이에 있는 나무 곳간에 숨어 있다는 것을 알게 되
었어요. 그녀는 지난날의 학대를 머리에 되새기며, 땅
거미가 지기 시작하자 자기 동생을 그에게 보내서 자기
집에 와서 묵으라고 권했어요. 그 처녀가 몸이 편치 않
고 그렇다고 무슨 병을 앓고 있는지도 모르는 불쌍한

그 남자는 자기를 살려 주었다고 생각하면서 고마운 나머지 그녀를 자기 품에 안았지요. 그래서 그들이 침대에서 갖은 애무와 사랑을 나누며 반 시간 가량 시간이 흐르자, 갑자기 그녀는 사납고 쌀쌀하게 화난 표정을 지으며 침대에서 벌떡 일어나, '당신은 죽음의 균을 가슴에 품고 있는 황열병 환자하고 키스를 했어요. 어서 가서 이 황열병을 당신 친구들에게 모조리 옮겨요' 하고 말했어요."

이 말에 대해서 노파가 큰 소리로 분개하고 있는 동안, 장교는 토니에게 그녀도 그런 짓을 할 수 있겠느냐고 물었다. 그러자 토니는,

"아니오."

하고 어리둥절해서 시선을 아래로 보내며 말했다. 낯선 사나이는 식탁보를 만지며, 자기 생각에는 백인들이 한때 흑인에게 가한 학대가 아무리 심했다고 해도 그렇게 비열하고 추악한 배신 행위는 인정할 수 없다고 말했다. 그는 흥분한 표정으로 자리에서 일어나며 그런 짓을 하기 때문에 하느님도 백인들에게 벌을 내리지 못할 것이고, 천사들까지도 흑인들의 소행에 격분하여 도리어 옳지 못한 백인들 편에 서서 인간과 신의 질서를 유지하기 위해 결단을 내릴 것이라고 말하며 잠시 창문가로 가서 어둠 속을 내다보았다. 비바람을 몰고 올 듯한

구름이 달과 별을 스치고 지나갔다. 그때 그에게는 어
머니와 딸이 서로 쳐다보는 것같이 생각되었지만 그들
이 서로 눈짓을 하는 것까지는 보지 못했다. 그러나 어
쩐지 기분에 거슬리고 불쾌한 감을 금할 수가 없었다.
그는 몸을 돌리고 자기가 잘 수 있는 방을 알려 달라고
부탁했다.

어머니는 벽에 걸린 시계를 쳐다보면서 무엇보다 자
정이 가까웠다는 것을 깨닫고는 등불을 손에 들고, 낯
선 사나이에게 자기를 따라오라고 했다. 그녀는 긴 복
도를 지나서 그를 위해서 마련된 방으로 그를 데리고
갔다. 토니는 사나이의 코트와 그가 벗어놓았던 몇 가
지 다른 물건을 들고 갔다. 어머니는 편하게 쿠션이 깔
려 있는, 그가 잠을 자게 될 침대를 그에게 가리켜 주
었다. 그리고 토니에게 그를 위해서 발 씻을 물을 준비
하도록 분부하고 나서 그에게 편히 자라고 인사를 하
고, 그 자리에서 물러갔다. 낯선 사나이는 자기 칼을 한
쪽 구석에 세우고, 띠에 차고 있던 두 자루의 피스톨을
테이블 위에 올려놓았다. 토니가 침대를 조금 앞으로
밀고, 하얀 시트를 침대 위에 깔고 있는 동안, 그는 방
안을 두루 살펴보았다. 방 안에 넘치는 화려한 것들로
봐서 그 방은 틀림없이 그 농장의 전 주인 것이었다는

사실을 재빨리 깨닫게 되자, 독수리가 그의 주변을 맴돌 듯이 그는 불안해지기 시작했다. 그래서 그는 그 집에 찾아올 때와 마찬가지로 기갈을 면치 못한 채 산 속에 있는 자기 가족들한테로 다시 돌아가려고 했다. 그러는 동안 그 처녀는 가까이에 있는 부엌에서 향기로운 풀 냄새가 풍기는 뜨거운 물이 든 대야를 들고 들어와서, 창문에 몸을 기대고 있던 장교에게 어서 발을 씻으라고 권했다.

장교는 아무 말도 없이 넥타이와 조끼를 벗고 의자에 앉아서 양말을 벗었다. 그리고 그는 발을 씻으면서 자기 앞에 무릎을 꿇고 자질구레한 시중을 들어 주고 있는 처녀의 매혹적인 모습을 유심히 바라보았다. 무릎을 꿇었을 때 굽실굽실한 그녀의 검은 머리칼은 물결치듯 그녀의 가슴을 덮고 있었다. 유달리 우아한 모습이 그녀의 입술과 밑으로 내리깔고 있는 양쪽 눈 위에 오똑하게 덮여 있는 기다란 눈썹 언저리에 감돌았다. 그의 기분에 조금 거슬리는 피부색을 제외하면 그렇게 예쁜 여자를 본 적이 없다고 단언할 수 있을 정도였다. 그때 그에게는 정확히 알 수는 없었지만, 그 처녀가 어딘지 누구하고 닮은 데가 있는 것 같다는 생각이 떠올랐다. 그런 감은 그가 그 집에 들어설 때 이미 느꼈으며, 그렇게 느껴지자 그의 마음은 고스란히 그녀에게로 끌리

게 되었다. 그렇게 시중을 들다가 그녀가 일어서자, 그
는 그녀의 손을 붙잡았다. 그리고 그 처녀가 자기에게
호의를 갖고 있는지 없는지를 알아보기 위해서 한 가지
수단을 생각해 내고는 이 생각에 확신이 들자, 그는 그
녀를 자기 무릎 위에 끌어 앉히고, 이미 약혼한 사람이
있느냐고 그녀에게 물었다. 그러자 그 처녀는 어글어글
하고 검은 두 눈을 부끄러운 듯이 정답게 밑으로 깔면
서,

"없어요."

하고 속삭였다.

그의 무릎 위에서 꼼짝도 하지 않은 채 그녀는 이웃
에 사는 흑인 청년 코넬리가 사실은 석 달 전에 그녀에
게 청혼을 해왔지만 자기가 너무 어리기 때문에 거절했
다고 말했다. 두 손으로 그녀의 날씬한 몸을 끌어안고
있던 낯선 사나이는 자기 고향에서는 그곳에 널리 전해
진 풍습에 의하면, 처녀는 열네 살 7주일만 지나면 결
혼하기에 충분한 나이라고 말했다. 그의 목에 걸려 있
는 금으로 만든 자그마한 십자가를 그녀가 바라보고 있
는 동안, 그는 몇 살이냐고 그녀에게 물었다. 그러자 토
니는,

"열다섯 살이에요."

하고 대답했다.

"그러면 어째서 거절을 했지요?"

하고 그가 말했다.

"그 남자는 당신의 소원대로 같이 가정을 이룰 만큼 재산이 없던가요?"

"아니오. 도리어."

하고 그녀는 바라보고 있던 십자가에서 눈을 떼며 말했다.

"코넬리는 이번에 사태가 달라진 다음부터 부자가 되었어요. 그 주인이었던 이주자에게 속해 있던 토지가 고스란히 그의 아버지한테로 돌아가게 되었으니까요."

"그러면 왜 당신은 그 청혼을 거절했지요?"

하고 그 남자가 물었다.

그는 그녀의 이마에 덮인 머리를 쓸어올리며,

"그에게 마음이 맞지 않는 데가 있던가요?"

하고 말했다.

그러자 그 처녀는 가볍게 머리를 흔들며 웃었다. '그러면 당신의 사랑을 받게 될 사람은 아마 백인이어야 한단 말이지' 하고 농담 삼아 그녀의 귀에 대고 속삭인 사나이의 질문에 대해서 그녀는 볕에 탄 얼굴을 붉히며, 잠시 꿈속에 잠기듯이 생각에 잠기고 나서, 갑자기 그의 품에 안겼다. 그 사나이는 우아하고 귀여운 그녀의 모습에 끌려서 마치 신의 손길에 따라 모든 불안에서 헤어나기라도 한 듯이 그녀를 자기 품에 꼭 안았다.
그녀의 태도에서 느낄 수 있는 이러한 모든 동작은 냉
혹한 배신의 가엾은 표현이라고는 도저히 생각할 수 없
었다. 그를 불안하게 했던 모든 근심 걱정은 마치 무서
운 새의 무리가 사라지듯이 그의 마음속에서 사라지고
말았다.

그는 잠시나마 그녀의 마음을 의심한 데 대해서 부끄
럽게 생각하였다.

그리고 그는 자기 무릎에 앉아 있는 그녀를 흔들며,
그녀에게서 풍기는 감미로운 입김을 들이마신 다음 말
하자면 화해와 용서의 표시로서 그녀의 이마에 키스를
했다. 그러나 금방 그 처녀는 이상스럽게 누가 복도에
서 문으로 들어오기나 하듯이 갑자기 귀를 기울이면서
벌떡 몸을 일으켰다. 그리고 생각에 잠기며 꿈을 꾸는
듯한 표정으로 그녀의 가슴 한쪽으로 밀려 있는 웃옷의
옷깃을 바로잡았다. 그러나 착각을 했다는 것을 알게
된 그녀는 명랑한 표정을 지으며 다시 그에게로 몸을
돌리고, 빨리 씻지 않으면 물이 다 식어 버리겠다고 그
의 주의를 깨우쳐 주었다. 낯선 사나이가 아무 말도 없
이 그녀를 유심히 바라보자 그녀는,

"왜 그렇게 빤히 쳐다보세요."
하고 당황한 어조로 말했다. 그녀는 자기 웃옷을 매만

지고는 당황한 빛을 숨기려고 소리내어 웃으며,

"참 이상한 양반도 다 있네. 저를 보시고 무슨 생각이 났어요?"

하고 외쳤다.

그러자 낯선 사나이는 자기 이마를 쓰다듬고, 그녀를 자기 무릎에서 내려놓으며 한숨을 억제하고,

"당신이 내가 사랑하던 어느 여자와 이상하게 닮은 데가 있어서."

하고 말했다.

그의 얼굴에서 명랑한 빛이 사라지는 것을 분명히 본 토니는 정답게, 동정하듯이 그의 손을 붙잡고,

"누구하고 닮았어요?"

하고 물었다.

그러자 그 사나이는 잠시 생각에 잠겨 있다가 입을 열더니,

"그녀의 이름은 마리안네 콩그레브였고, 그녀가 태어난 도시는 스트라스부르였지. 그녀의 아버지가 장사를 하던 그 도시에서 나는 혁명이 일어나기 직전에 그녀를 알게 되었어요. 다행히도 그녀한테서 결혼 승낙을 받고, 그녀 어머니의 동의도 얻게 되었지요. 정말 이 세상에서 가장 귀여운 여자였지요. 그런데 지금 당신을 대하니 그녀를 잃어버리게 된 무시무시하고 놀라운 사태

가 다시 눈앞에 생생하게 떠올라 슬픈 나머지 눈물을
걷잡을 수 없을 지경이군요."

"아니 그럼?"

하고 토니는 진정 정다운 태도로 그에게 몸을 기대며,

"그녀는 지금 이 세상에 없나요?"

하고 물었다.

"죽었어요."

낯선 사나이가 대답했다.

"그리고 나는 그녀가 죽은 다음에 비로소 그녀의 모
든 호의와 훌륭한 점을 알게 되었죠."

그는 괴로운 듯이 머리를 그녀의 어깨에 기대며 말을
계속했다.

"어떻게 그런 경솔한 짓을 하게 되었는지 알 수 없지
만, 어느 날 저녁에 어떤 공적인 장소에서 바로 그때
설치된 혁명재판소에 대해서 이러구 저러구 비평을 했
어요. 그로 인하여 체포된 나는 수사 대상에 오르게 되
었죠. 다행히 나는 교외로 피신을 할 수 있었지만, 내가
집에 없는 것을 알고 미친 듯이 내 뒤를 쫓던 일당은
희생자를 내야만 했기 때문에 내 약혼자의 집으로 달려
갔어요. 그러나 내가 어디 있는지 모른다고 사실대로
딱 잘라 말하자, 그들은 화를 내며 그녀가 나하고 공모
를 했다는 구실로 나 대신 그녀를 정말 무자비하게도

형장으로 끌고 갔어요. 이렇게 놀라운 소식이 내 귀에 전해지자마자 나는 곧 숨어 있던 장소에서 나와 군중을 헤치고 형장으로 달려가서 큰 소리로, '이 잔인한 인간들아, 난 여기 있다' 하고 외쳤어요. 그러나 이미 단두대에 서 있던 그녀는 나를 언뜻 쳐다보고 불행하게도 내가 생소했던 몇몇 재판관의 질문에 대해서, 다시 얼굴을 돌리며, '이런 사람 저는 몰라요' 하고 대답했어요. 그런데 그때 그녀의 시선은 내 마음속에 가실 수 없는 인상을 남겼기 때문에, 잊을 수가 없군요. 잠시 후에 성미가 급하고 잔인한 그 인간들의 각본에 따라 북이 울리고, 사람들이 떠들썩한 가운데 칼이 떨어지자 그녀의 머리가 몸에서 떨어져 나가고 말았어요. 내가 어떻게 살아났는지 나도 모르지요. 하여튼 나는 15분 후에 어느 친구의 집에 가 있었지만, 계속해서 실신 상태에 빠진 후 저녁 무렵까지 정신을 차리지 못한 채 마차에 실려서 라인강을 건너게 되었지요."

이렇게 말하고 그 처녀를 놓으며, 낯선 사나이는 창문가로 걸어갔다. 그리고 그가 매우 격해져서 수건으로 얼굴을 가리는 것을 보자, 그녀도 여러 가지 면으로 깨달은 바가 있어서 인정에 사로잡히게 되었다. 그녀는 갑자기 일어나서 그의 뒤를 따라가더니 그의 목에 매달려서 같이 눈물을 흘렸다.

그 다음에 일어난 일은 말할 필요도 없을 것이다. 여기까지 읽은 사람이라면 누구나 자연히 알 수 있을 테니까 말이다. 다시 정신을 차렸을 때, 낯선 사나이는 자기가 저지른 일이 앞으로 어떻게 될는지 알 수가 없었다. 그러는 동안에 그는 자기가 들어 있는 집에서는 그 처녀를 염려할 필요가 없다는 것만은 알게 되었다. 그녀가 팔짱을 끼고 침대에 엎드려 울고 있는 것을 보자, 그는 백방으로 그녀의 마음을 안정시키려고 했다. 그는 영원히 헤어진 사랑하는 약혼자인 마리안네한테서 받은 자그마한 금으로 만든 십자가를 가슴에서 풀어서 한없이 애무를 계속하며, 그녀한테로 몸을 굽히고 자기 말대로 약혼 선물로서 그 십자가를 그녀의 목에 걸어 주었다.

그러나 그녀가 하염없이 눈물에 젖어서 그의 말을 듣지 않았기 때문에, 그는 그녀의 침대 곁에 앉아서 그녀의 손을 어루만지기도 하고 키스도 하면서, 그 다음날 아침에 그녀의 어머니를 찾아가서 구혼의 뜻을 밝히겠다고 그녀에게 말했다.

그리고 많지는 않지만 언제나 자유스럽게 처분할 수 있는 토지를 아르 강변에 갖고 있으며, 편하고 매우 널찍한 주택이 있으니 어머니의 연령으로도 여행을 할 수 있으면 그녀와 그녀의 어머니까지도 충분히 맞아들일 수 있다고 말했다. 게다가 밭과 정원과 목장과 포도밭도 있으며, 자기 아들의 생명을 구해 주었기 때문에 거기서 그들을 감사하는 마음으로 정답게 맞아 줄 점잖고 나이 많은 아버지도 모시고 있다고 말했다.

그러나 그녀의 눈물이 한없이 베개 위에 흘러내리는 것을 보자 그는 그녀를 끌어안고 스스로 마음을 걷잡지 못하며, 자신이 그녀에게 얼마나 괴로움을 끼쳤으며, 만일 그렇다면 자기를 용서할 수 없겠느냐고 그녀에게 물었다. 그는 또 그녀에 대한 사랑은 결코 그의 마음에서 사라지지 않을 것이라고 맹세를 하고, 그저 이상하게 마음이 산란해져서 그녀 때문에 자기 마음속에 일어난 애욕과 불안이 뒤섞인 가운데 그만 그런 실수를 하게 되었다고 말했다.

나중에 그는 새벽별이 반짝이고 있으니 더 이상 침대에서 지체하면 어머니가 올라와서 꾸지람을 할는지도 모른다고 그녀에게 주의를 일깨워 주었다. 그리고 그녀의 건강을 위해서 어서 일어나서 몇 시간이라도 그녀 방에 있는 침대에서 푹 쉬라고 타일렀다.

그녀의 그러한 태도에 대해서 몹시 염려를 하게 된 그는 혹시 그녀를 안아서 그녀의 방까지 데려다 주어도 좋겠느냐고 물었다. 그러나 아무리 말해 보아도 대답이 없고, 두 팔 사이에 얼굴을 파묻은 채 꼼짝도 하지 않고 그녀는 흩어진 요 위에 그대로 쓰러져 있었으며, 그러는 동안에 어느덧 대낮처럼 새벽빛이 양쪽 창문으로 훤히 비쳤기 때문에 그 이상 더 묻지도 않고 그녀를 들어올리는 수밖에 도리가 없었다. 마치 죽은 여자처럼 그의 팔 안에서 축 늘어지는 토니를 안고 계단을 따라서 그녀의 방으로 올라갔다.

그리고 그는 그녀를 가볍게 침대에 내려놓고 다정하게 애무를 해주며, 그녀에게 한 말을 모두 반복해서 말하고 나서 다시 한번 자기 약혼자라고 말하고, 그녀의 양쪽 볼에 키스를 한 다음 자기 방으로 급히 되돌아갔다.

완전히 날이 새자마자 늙은 바베칸은 자기 딸한테로 올라가서 그녀의 침대 옆에 앉으며, 낯선 사나이와 아울러 그의 일행에 대해서 어떤 계획을 세우고 있다는 것을 그녀에게 솔직히 말했다. 노파는 이틀 후에는 비로소 흑인 콩고 호앙고가 돌아오니까, 수가 많기 때문에 위험할는지도 모르는 그의 가족은 여기 들여놓지 말고, 그 동안 그 사나이만 이 집에 붙잡아 두는 것이 무엇보다 중요하다고 말했다. 노파는 또 이 목적을 위해서 생각한 것이지만, 낯선 사나이에게 방금 들어온 소식에 의하면 데살린 장군이 자기 군대를 이끌고 이 지방으로 향하고 있으며, 따라서 너무 위험하기 때문에

이틀 후에 그가 이 지방을 지나간 다음에야 그의 소원
대로 가족들을 이 집으로 받아들일 수 있다고 그럴 듯
하게 꾸며대자고 말했다.

끝으로 노파는 그들이 떠나 버리지 않도록 그 동안
그 일행에게 식료품을 대 주어야 하며, 역시 후에 그
일행까지 붙잡기 위해서는 그들이 이 집으로 피난을 할
수 있다는 착각을 갖도록 해서 붙들어 두는 것이 필요
하다고 말했다. 노파는 모르긴 하지만 가족들이 상당히
많은 소지품을 갖고 있을는지도 모르기 때문에 이 문제
는 매우 중요하다고 말하며, 방금 말한 계획을 있는 힘
을 다해서 도와 달라고 딸에게 부탁했다.

그러자 침대에서 반쯤 몸을 일으키고 있던 토니는 홧
김에 얼굴을 붉히며, 스스로 이끌어들인 손님에 대해서
그처럼 손님의 권리를 침해하는 것은 수치스럽고 비열
한 짓이라고 대답했다. 무엇보다 쫓기고 있는 그 사나
이가 자기들이 보호해 줄 것을 믿고 있는 이상 더욱 안
전하게 해주어야 하지 않겠느냐고 말하고, 만일 노파가
방금 그녀에게 말한 잔인한 계획을 포기하지 않는다면
당장 그 사나이한테 가서 그가 피신할 수 있다고 생각
하는 이 집이 살인굴이나 다름 없다는 것을 알려 주겠
다고 딱 잘라서 말했다.

"토니야."

하고 노파는 양손으로 허리를 짚고, 눈을 크게 뜨고 그
녀를 바라보며 말했다.

"정말이에요."

하고 토니는 목소리를 낮추며 대답했다.

"보다시피 태생이 프랑스가 아니고 스위스 사람인 그
양반이, 우리가 마치 도둑놈처럼 그에게 달려들어서 그
를 죽이고 약탈을 해야 할 만큼 우리에게 뭐 그리 괴로
움을 끼쳤단 말예요. 이 지방에서 이주민에 대해서 여
러 가지 불평을 일삼고 있지만, 그런 불평이 그 양반이
떠나 온 그 지방에서도 적용된단 말인가요. 모든 점으
로 봐서 도리어 그 양반은 점잖고 훌륭한 분이며, 정말
흑인들이 백인을 비난하는 그런 나쁜 점은 조금도 없어
요."

노파는 전과 달라진 딸의 표정을 바라보며 떨리는 입
술로, 놀랐다고 말할 뿐이었다. 노파는 얼마 전에 문 앞
에서 곤봉에 맞아서 땅에 쓰러진 포르투갈 청년은 무슨
죄가 있으며, 3주일 전에 뜰에서 흑인의 총에 맞아 쓰
러진 두 네덜란드 사람은 무슨 죄를 저질렀느냐고 물었
다. 노파는 또 폭동이 일어난 다음 총이나 창이나 비수
로 집안에서 학살된 세 프랑스 사람과 그밖의 다른 백
인종 피난민들은 어째서 모두 그렇게 학대를 받아야 했
는지 알고 싶다고 말했다. 그러나 딸은 사나운 태도로

벌떡 일어나며,

"정말 그런 만행을 저에게 다시 일깨우신다는 것은 옳지 못해요. 양친들이 그렇게 참혹한 일에 억지로 나를 가담시킨 것을 생각하면 젖먹던 속까지 뒤집혀요. 그리고 하늘의 벌이 두려워서 맹세하지만, 지금까지 일어난 모든 일을 속죄하기 위해서라도 이 집에 있는 그 양반의 머리털 하나라도 다치게 한다면 난 열 번 스무 번이라도 죽어 버리겠어요."

"좋다!"

하고 노파는 갑자기 양보하는 듯한 표정을 지으며 말했다.

"그러면 그 사내를 그대로 무사히 떠나게 해라. 그러나 콩고 호앙고가 돌아와서……."

하고 노파는 방에서 나가려고 자리에서 일어나며,

"우리 집에서 어떤 백인이 묵어 갔다는 것을 알게 되면, 엄격한 금령을 어기면서까지 그 사내에게 동정을 해서 다시 떠나게 한 데 대한 책임은 네가 져야 해."

하고 말을 계속했다.

겉으로는 어디까지나 부드러운 어조로 말을 하면서도 모르는 사이에 노파의 원한이 나타나 있는 그 말을 듣고, 그 처녀는 적지 않게 놀라서 방에 그대로 남아 있었다.

그녀는 백인에 대한 노파의 증오를 너무나 잘 알고
있었기 때문에, 증오를 만족시킬 수 있는 그러한 기회
를 그대로 넘기리라고는 생각할 수 없었다. 노파가 당
장 가까이에 있는 농장으로 사람을 보내어 그 사나이를
체포하기 위해서 흑인들을 불러오지나 않을까 하는 두
려운 마음에서, 그녀는 옷을 갈아입고 지체없이 노파의
뒤를 따라 밑에 있는 주방으로 내려갔다. 노파는 찬장
옆에서 무슨 일을 하는 것 같았지만, 발걸음 소리에 놀
라서 어물어물 물레 옆에 앉는 동안, 토니는 금령이 붙
어 있는 문 앞에 가서 섰다. 그 금령에는 '백인을 보호
하는 흑인은 예외 없이 사형에 처한다'고 씌어 있었다.

공포에 떨면서 마치 자기가 저지른 과오를 깨닫기나
한 듯이, 노파가 뒤에서 자기의 뉘우침을 바라리라는
것을 잘 알고 있던 그녀는 갑자기 등을 돌려 어머니의
발부리 앞에 몸을 던진 다음 노파의 무릎을 끌어안았
다. 그리고는 그 사나이를 위해서 감히 입밖에 낸 미친
듯한 그 말을 용서해 달라고 애원했다. 갑자기 그 사나
이를 기만하려는 계획을 침대 속에서 들었을 때에는 아
직 잠도 완전히 깨지 않았기 때문에 그런 말을 했노라
고 변명을 하고, 언제든 그 사나이를 죽이기로 결정되
어 있는 그 지방의 방법에 따라 그에게 복수를 하는 대
로 내버려두겠다고 말했다. 처녀의 얼굴을 뚫어지게 쳐

다보고 있던 노파는 잠시 후,

"정말 네가 그렇게 말하니까 말이지만, 그 자식의 목숨도 오늘뿐이로구나. 네가 한사코 그 자식을 보호하려고 하기에 이미 나는 이 음식에 독약을 넣었으니까 말이다. 이것을 마시고 죽은 그놈을 호앙고의 명령에 따라서 적어도 시체나마 그의 손에 넘겨 주려고 했었지."
하고 말했다.

그렇게 말하고 노파는 자리에서 일어나 식탁에 놓여 있던 냄비의 우유를 창 밖으로 버렸다. 자기 정신을 의심하고 있던 토니는 놀라서 어머니를 쳐다보았다. 노파는 다시 자리에 앉아서 그때까지 무릎을 꿇고 있던 딸을 끌어올리며, 단 하룻밤 사이에 어떻게 그녀의 생각이 그렇게도 변하게 되었느냐고 조용히 물었다. 그 전날밤 그 사나이에게 발 씻을 물을 준비해 주고 나서도 오랫동안 그의 방에 남아서 그와 많은 이야기를 했느냐고 노파가 물었다. 그러나 가슴이 설레던 토니는 노파의 질문에 아무 말도 하지 못했으며, 분명한 대답은 더욱 하지 못했다. 손으로 머리를 짚고 눈을 밑으로 깔고서, 그런 태도를 취한 것은 꿈을 꾸었기 때문이라고 그녀는 말했다.

그러나 불쌍한 자기 어머니의 가슴을 언뜻 한번 쳐다보고 갑자기 몸을 굽혀서 노파의 손에 키스를 하며, 그

사나이와 같은 백인종들의 잔인성이 새삼 생각이 난다
고 말하고는 머리를 돌려 앞치마로 얼굴을 가리며, 호
앙고가 돌아오면 자기가 어떤 딸이라는 것을 알게 되리
라고 단언을 했다.

바베칸은 도대체 어떻게 해서 자기 딸이 전과 달리
냉정을 잃게 되었을까 하는 것을 생각하고 있을 때, 낯
선 사나이는 자기 가족에게 며칠 동안 흑인 호앙고의
농장에서 지내자고 권하는 내용을 몰래 침실에서 써넣
은 종이쪽지를 들고 그 방으로 들어왔다. 그는 어머니
와 딸에게 매우 명랑하고 정답게 인사를 하고, 노파에
게 그 쪽지를 주면서 약속한 대로 산 속으로 사람을 보
내서 그 일행을 보살펴 달라고 부탁했다. 바베칸은 자
리에서 일어나 쪽지를 벽장에 넣으며 불안한 표정으로,

"여보시오, 부탁이지만 어서 당신의 침실로 돌아가시
오. 큰길에는 흑인 부대가 제각기 흩어져 있는데, 그들
이 지나가면서 하는 말이 데살린 장군이 자기 군대를
거느리고 이 지방으로 온다는 거요. 이 집에는 누구나
드나들 수 있기 때문에 만일 당신이 뜰로 향해 있는 당
신의 침실에 숨어서 문과 덧문을 단단히 잠그지 않는다
면 당신 신변의 안전은 도저히 보장할 수 없소."

하고 말했다.

"뭐, 데살린 장군이라고!"

당황해서 그 사나이가 말했다.

"묻지 말아요."

하고 노파는 지팡이로 마루를 세 번이나 울리며 그의 말을 가로막았다.

"내가 당신 침실로 따라가서 모든 일을 당신에게 설명하리다."

낯선 사나이는 노파의 불안한 표정에 쫓기듯 그 방에서 밀려나오며, 문간에서 다시 한 번 돌아보면서,

"그런데 적어도 나를 기다리고 있는 가족을 위해서 사람을 좀 보내야 하지 않겠소? 가족을……."

하고 외쳤다.

"걱정 말아요, 준비가 다 되어 있어요."

하고 노파는 그의 말을 가로막았다. 그러는 사이에 지팡이 소리에 따라 우리가 이미 알고 있는 서자 낭키가 들어왔다. 그리고 노파는 그 사나이에게 등을 돌리고 거울 앞에 서 있던 토니에게 방 한쪽 구석에 놓여 있는 식료품이 든 바구니를 들라고 명령을 하고, 어머니와 딸 그리고 사나이와 소년은 침실로 올라갔다.

노파는 안락의자에 편히 앉으며, 간밤에는 지평선을 이루고 있는 이 산 저 산의 봉우리에서 데살린 장군이 올리는 횃불이 반짝이는 것이 보였다고 말했다. 현재까지 서남쪽 포르토프랭스로 진격하는 그 군대의 흑인은

단 한 명도 이 지방에는 나타나지 않았지만, 사실 사태가 어떻다는 것은 짐작할 수 있다고 말함으로써 노파는 그 사나이를 엄청난 불안의 도가니 속에 몰아 넣을 수 있었지만, 후에 노파는 만일 자기 집에서 흑인이 묵어 가는 최악의 경우에 그 사나이의 생명을 구하는 데 최선을 다하겠다고 보장을 하자, 그 사나이의 불안은 다시 가셔 버렸다. 그 사나이가 이러한 상황에서 적어도 자기 가족에게는 식료품이라도 보내 주어야겠다고 다시금 애원하는 바람에 노파는 딸의 손에서 바구니를 받아서 소년에게 주었다.

"갈매기 늪 가까이에 있는 산 속으로 가서 그곳에 있는 이 낯선 장교의 가족들에게 이 바구니를 전하고, 장교는 잘 있다고 전해라. 그리고 백인 편에 들었기 때문에 흑인의 박해를 받고 있는 흑인 친구들이 동정하는 마음으로 장교를 자신의 집에 받아들였다고 말해라. 그리고 이리로 오게 되어 있는 무장을 갖춘 흑인 부대가 이 길가를 지나간 후에는 그 가족들까지도 이 집에 묵을 수 있는 준비를 갖추고 있는 것을 전해라."
라고 말했다.

"알았지?"

말이 끝나자 노파는 소년에게 물었다.

소년은 바구니를 머리에 이면서 자신에게 말한 갈매

기 늙은 친구들과 흔히 고기잡이를 한 적이 있기 때문
에 잘 알고 있으며, 자신에게 부탁한 모든 문제를 바로
그곳에 묵고 있는 낯선 양반의 가족한테 전하겠다고 대
답했다. 노파가 더 전할 말이 없느냐고 묻자 낯선 사나
이는 손가락에서 반지를 빼 전하는 편지 내용이 틀림없
다는 표시로 그 반지를 가장인 슈트룀리 씨에게 전하라
고 부탁하면서 소년에게 주었다. 그리고 노파는 말하자
면 그 사나이의 신변의 안전을 도모하기 위한 몇 가지
조처를 취했다. 우선 토니에게 덧문을 모두 닫으라고
명령하고, 자신은 그래서 어두워진 방 안을 밝히려고
페치카 선반에 놓여 있던 등에 불을 켰지만, 심지에 불
이 댕겨지지 않았기 때문에 몹시 애를 먹었다. 낯선 사
나이는 이 순간을 이용해서 토니의 몸을 가볍게 끌어안
고, 간밤에는 잠을 잘 잤느냐, 또는 어젯밤에 일어난 일
을 어머니에게 알려도 좋겠느냐 하는 것을 물었다. 그
러나 토니는 첫번째 질문에 대해서는 아무 대답도 하지
않고 그의 품에서 벗어나며 두번째 질문에 대해서,

"안 돼요, 저를 사랑하신다면 아무 말도 마세요."
하고 대답했다.

거짓으로 꾸며대는 여러 가지 처사로 인해 마음속에
일어나는 불안을 억제하고 그 사나이를 위해서 아침을
마련해야겠다고 생각하면서, 그녀는 밑에 있는 주방으

로 급히 내려갔다.

그녀는 어머니의 벽장에서 순진한 그 사나이가 가족에게 소년을 따라 그 집으로 오라고 적어 넣은 편지를 꺼냈다. 그리고 어머니가 편지 없어진 것을 알게 될지 어떨지는 운에 맡기기로 하고, 최악의 경우에는 그 사나이와 같이 죽을 결심까지 하고는 편지를 들고 이미 큰길을 걸어가는 소년의 뒤를 따라갔다. 왜냐하면 그녀는 사실 그 청년을 자기가 보호하는 단순한 손님으로 생각하는 것이 아니라, 이미 자기 애인이자 남편으로 생각하여 그의 편이 자기 집에 와서 머무르기에 충분하다고 생각되기만 하면 곧 이 사실을 어머니에게 알릴 생각이었다. 그렇게 되면 이러한 상황에서 어머니가 놀랄 것은 뻔한 일이었다. 그녀는 숨을 헐떡거리며 허둥지둥 뛰어가 길가에서 소년을 만나게 되자,

"낭키야!"

하고 불렀다.

"어머니가 슈트룀리 씨 가족에 관한 계획을 바꾸었어. 자, 이 편지 받아라. 이 편지는 늙은 가장인 슈트룀리 씨한테 보내는 건데 거기에는 그에게 딸린 모든 가족들과 같이 우리 집에서 며칠 지내라는 초대장이 들어 있어. 조심해서 될 수 있는 대로 이 계획이 이루어지도록 해. 콩고 호앙고가 돌아오면 너에게 상을 줄 거야."

"좋아, 좋아, 토니 누나!"

소년은 밝게 대답했다. 그는 편지를 조심스럽게 접어서 호주머니에 넣으며,

"내가 안내자가 되어서 그 일행을 이리로 데리고 오란 말이지?"

라고 물었다.

"물론. 그들이 이 지방을 잘 모르니까, 그렇게 하는 것이 당연하지. 그러나 길에 군인이 행진하며 나타날 수도 있으니까 자정 이전에 길을 떠나서는 안 되지만, 날이 새기 전에 여기 올 수 있도록 길을 재촉해야 해. 이만하면 알겠지?"

하고 토니는 다짐했다.

"이 낭키를 믿어요."

소년은 확신에 차서 대답하고는 중얼거렸다.

"어째서 백인 피난민들을 이 농장으로 이끌어들이는지 난 다 알아. 아빠두 나한테 만족할 거야."

집으로 돌아온 토니는 그 사나이에게 아침을 마련해 주고, 식사가 끝나자 어머니와 딸은 집안을 치우기 위해서 밑에 있는 주방으로 내려갔다. 잠시 후에 어머니가 벽장 곁으로 가서 이내 편지가 없어진 것을 알게 된 것은 당연한 일이었다. 노파는 기억을 의심하면서 잠시

손을 머리에 얹고, 그 사나이한테서 받은 편지를 어디
두더냐고 토니에게 물었다. 토니는 시선을 밑으로 내려
깔고 자기가 알기에는 그 사나이가 편지를 다시 호주머
니에 넣고 방에 올라가서 어머니와 자기가 있는 데서
찢어 버렸다고 대답했다. 어머니는 눈을 크게 뜨고 그
의 딸을 쳐다보았다. 노파는 아무리 생각해도 자기가
그의 손에서 편지를 받아서 벽장에 넣은 것이 틀림없다
고 말했다.

그러고 노파는 벽장 안을 이리저리 찾았지만 편지를
발견치 못하고, 전에도 그와 비슷한 일이 몇 차례 있었
기 때문에 자기 기억을 의심하자 딸이 자기에게 한 말
을 그대로 믿는 수밖에 도리가 없었다. 어떻든 간에 노
파는 이런 사태에 대한 불만을 참지 못하여, 그 편지는
그 가족을 농장으로 유인하기 위해서는 남편 호앙고에
게 무엇보다 중요한 것이었다고 아쉬워했다.

정오와 저녁에 토니가 그 사나이에게 식사를 제공할
때 노파는 그와 이야기를 나누기 위해서 식탁 옆에 앉
으며 몇 차례 그에게 편지에 대해서 물어 볼 수 있는
기회를 만들었지만, 토니는 이야기가 위험한 데로 흐르
면 언제나 교묘하게 화제를 돌리거나 말을 얼버무려 버
리고 말았다. 그래서 어머니는 결국 그 사나이의 설명
을 듣지 않고는 그 편지의 진짜 행방을 규명할 수 없게

되었다. 그렇게 그날은 지나갔다. 어머니는 저녁식사가
끝난 다음 자기 말대로 조심하는 의미에서 그 사나이의
방을 잠갔다.

그리고 노파는 어떻게 하면 그 다음날 다시 그런 편
지를 수중에 넣을 수 있을까 하는 것을 토니와 곰곰이
생각하고 나서 자리에 누우며, 딸에게도 자라고 일렀
다.

이때가 오기를 안타깝게 기다리고 있던 토니는 어머
니가 잠든 것을 알게 되자, 곧 자기 침실로 가서 자기
침대 옆에 걸려 있던 성모 마리아 상을 안락의자 위에
놓고 두 손을 모으고 그 앞에 무릎을 꿇었다. 그녀는
한없이 정열에 넘치는 기도를 드리며, 자기가 몸을 맡
긴 그 청년에게 자기의 어린 가슴을 괴롭히는 모든 죄
악을 고백할 수 있는 용기와 결심을 성자인 구세주에게
간구했다.

그녀는 아무리 마음이 괴롭더라도 전날 그 사나이를
집으로 유인하게 된 모든 상황을 잔인하고 놀라운 그
계획까지도 숨김없이 그에게 알려야겠다고 맹세했다.
그러나 그녀가 이미 그의 생명을 구하기 위해서 취한
몇 가지 방법을 생각해서라도 그가 자기를 용서하고,
자기를 충실한 아내로 삼아 유럽으로 데리고 가기를 원
했다.

이렇게 기도를 올리며 이상하게 힘을 얻게 된 그녀는 방들을 모두 열 수 있는 메인 키를 손에 들고, 불도 없이 천천히 그 건물 한가운데로 통해 있는 좁다란 복도를 지나서 그 사나이의 침실로 갔다. 그녀는 조용히 방문을 열고 사나이가 깊이 잠들어 있는 침대 앞으로 걸어갔다. 달빛은 한창 피어나는 그의 얼굴을 비춰 주었고, 열려 있는 창문으로 스며드는 밤바람이 그의 이마에 덮인 머리칼을 흩날렸다.

토니는 조용히 그의 위에 몸을 굽히고 감미로운 그의 호흡을 들이마시면서 그의 이름을 불렀다. 그 대상이 토니인 것같이 생각되는 꿈속에 그는 깊이 빠져 있었다. 그녀는 적어도 몇 차례나 뜨겁고 떨리는 그의 입술에서 토니 하고 속삭이는 말을 들었다. 뭐라고 말할 수 없이 그녀는 괴로웠다. 즐거운 환상의 세계에서 속되고 불행한 현실의 나락으로 그를 끌어내릴 생각은 도저히 할 수가 없었다.

그리고 그가 조만간 스스로 잠에서 깨어나리라는 것은 틀림없었기 때문에 그녀는 그의 침대 옆에 무릎을 꿇고 정다운 그의 손에 마구 키스를 퍼부었다.

그런데 잠시 후 갑자기 뜰 안에서 사람들과 말, 그리고 무기 소리가 들려왔다. 그 가운데서 뜻밖에도 자기

의 군대를 모두 거느리고 데살린 장군의 진지에서 돌아
온 흑인 콩고 호앙고의 목소리가 매우 뚜렷하게 들렸을
때 토니의 가슴은 놀라서 무엇에 비할 수 없을 만큼 설
렜다. 토니가 자신의 정체를 드러낼 우려가 있는 달빛
을 조심해서 피하며 창문 커튼 뒤로 달려갔을 때, 이미
그 동안에 일어난 일, 더더구나 유럽 피난민이 집에 와
있다는 사실을 그 흑인에게 알리는 어머니의 목소리가
들렸다.

그러자 흑인은 부하들에게 나직한 목소리로 뜰에 조
용히 있으라고 명령을 했다. 호앙고가 노파에게 낯선
사나이는 지금 어디 있느냐고 묻자, 노파는 그에게 그
방을 가리키며 자기가 그 사나이에 대해서 딸과 주고받
은 이상야릇한 대화까지 그에게 전했다. 노파는 호앙고
에게 토니는 배신자이며 그 사나이를 억류하려는 모든
계획이 수포로 돌아갈 우려가 있다고 단언했다. 적어도
그 바보 같은 딸년은 어두워지자 그 사나이의 침대에
기어 들어가서 아직까지도 늘어지게 잠을 자고 있으며,
아마 그 사내가 이미 도망을 치지 않았으면 토니한테
주의를 받고 도망칠 수 있는 방법을 의논하고 있을 거
라고 말했다. 그와 비슷한 경우에 이미 딸의 충실성을
알아본 적이 있는 흑인은 그럴 리가 없을 것이라고 말
하고는 사나운 어조로,

"켈리, 옴라, 총을 들어!"

하고 외치더니 그 이상 아무 말도 없이 자기 부하인 흑인들을 모두 이끌고 계단을 올라가서 낯선 사나이의 방으로 갔다.

순식간에 그러한 모든 장면이 눈앞에 벌어지자, 토니는 사지가 마비된 채 마치 벼락이라도 맞은 듯이 그 자리에 서 있었다. 그 순간 그녀는 그를 깨울까 생각도 했지만, 한편으로는 뜰이 점령되었기 때문에 도망을 칠 수도 없고, 또 한편으로는 그가 무기를 손에 들게 되면 흑인들이 우세하기 때문에 당장에 살해될 것은 뻔하다고 생각했다. 게다가 그녀가 피할 수 없는 가장 큰 걱정거리는 불쌍한 그 사내가 이 순간 자기 침대 옆에 그녀가 있는 것을 보면 틀림없이 그녀를 배신자로 생각할 것이며, 그녀의 충고 같은 것은 듣지도 않고 걷잡을 수 없이 미친 듯이 날뛰어 정신없이 흑인 호앙고의 손에 완전히 잡히고 말게 되리라는 점이었다. 이렇게 뭐라고 말할 수 없는 불안함 속에서 우연한 장난처럼 밧줄이 벽 도리에 걸려 있는 것이 그녀의 눈에 띄었다. 그녀는 그 노끈을 끌어내리며, 하느님께서 자신과 그 사나이를 구하려고 노끈을 그곳에 걸어놓은 것이라고 생각했다. 그녀는 여러 번 마디를 내면서 노끈으로 그 청년의 손과 발을 묶었다. 그가 꿈틀거리고 버둥거리는 데는 아

랑곳하지도 않고, 노끈 끝을 당겨서 침대 다리에 단단
히 동여맸다. 그리고 나서 그녀는 급한 위기를 모면한
데 대해서 기뻐하며 그의 입술에 키스를 하고, 이미 그
때 계단을 삐걱거리며 올라온 흑인 호앙고한테로 급히
달려갔다.

토니에 관한 노파의 보고를 그때까지 믿지 않던 흑인
호앙고는 토니가 바로 그 방에서 나오는 것을 보자 놀
라고 어리둥절해서 횃불을 든 군인이나 무장을 갖춘 부
하들과 같이 복도에서 발걸음을 멈추며,

"이 빌어먹을 배신자 같은 년!"

하고 외쳤다. 그리고 낯선 사내의 방문 쪽으로 몇 걸음
앞서 있던 바베칸을 돌아보며,

"그 자식은 도망을 쳤나?"

하고 물었다. 안을 들여다보지는 않고 문이 열려 있는
것을 본 바베칸은 미친 여인처럼 되돌아오며,

"이 나쁜 년 같으니. 저년이 그놈을 빼돌렸어. 자 어
서, 그 자식이 밖으로 도망치기 전에 출입구를 모조리
막아요!"

라고 소리쳤다.

"왜 그래요?"

토니는 놀란 표정으로 늙은 호앙고와 그를 둘러싸고
있는 흑인들을 쳐다보며 물었다.

"왜 그러느냐고?"

그는 토니의 가슴을 그러쥐고 그 방 쪽으로 끌고 갔다.

"미쳤어요?"

하고 토니는 그때 눈앞에 나타난 광경을 보고 그만 사지가 굳어 버린 늙은 호앙고를 뿌리치면서 외쳤다.

"그 남자는 침대에 묶인 채 저기 쓰러져 있잖아요. 제가 이런 일을 한 것은 평생 처음이에요."

그녀는 이렇게 말한 다음 아버지에게 등을 돌리고, 마치 울음이 터지는 듯이 테이블 옆으로 가서 앉았다. 늙은 호앙고는 어쩔 줄 모르고 한쪽 옆에 서 있는 어머니를 돌아보며,

"여봐, 왜 이런 쓸데없는 수작을 해서 사람을 긇리는 거야!"

하고 화를 냈다.

"천만 다행이구려."

어머니는 그 남자가 묶여 있는 노끈을 어물어물 조사하면서 대답했다.

"무슨 영문인지는 모르지만, 그 자식은 여기 있군요."

흑인 호앙고는 칼을 칼집에 넣고 침대 옆으로 가서 그 사나이에게, 어떤 녀석이며 어디서 와서 어디로 가는 길이냐고 물었다. 그러나 그 사나이는 노끈에서 벗

어나려고 경련이라도 일으킨 듯이 안타까워하면서 가엾
게도 괴로운 듯이

"오 토니, 토니!"

하는 말밖에는 입 밖에 내지를 못했기 때문에 노파가
입을 열어 그는 구스타프 폰 데어리트라는 스위스인이
며, 현재 갈매기 늪가에 있는 산간 동굴에 숨어 있는
개새끼 같은 백인 가족 전부를 데리고 포르도 항의 해
안 지대에서 오는 길이라고 호앙고에게 설명을 했다.
호앙고는 괴로운 듯이 두 손으로 머리를 괴고 테이블
옆에 앉아 있는 딸을 보자 그녀한테로 가서 사랑하는
딸이라고 부르고, 토니의 볼을 두들기며 조금 전에 너
무 성급히 의심하는 투의 말을 한 자신을 용서하라고
했다.

역시 그녀 앞에 서 있던 노파는 이상하다는 듯 머리
를 갸웃거리며 두 팔로 옆구리를 짚고, 도대체 어째서
너는 위험한 처지에 놓여 있는 것을 조금도 모르고 자
고 있는 그 사나이를 노끈으로 침대에 꽁꽁 동여맸느냐
고 물었다. 괴롭고 화가 난 토니는 정말 눈물을 흘리며
갑자기 어머니 쪽으로 몸을 돌리고,

"어머니는 눈치도 코치도 없으니까요. 그 사내는 자
기가 위험한 처지에 있다는 것을 너무나 잘 알고 있었
거든요. 그래서 도망을 치려고 했어요. 그러면서 여기

서 빠져나가는 것을 도와 달라고 내게 부탁까지 했고,
바로 어머니의 생명을 노렸어요. 내가 자는 그를 저렇
게 묶어 놓지 않았으면, 날이 새자마자 자기 계획을 실
천할 것 같았으니까요."

노인은 딸을 쓰다듬고 달래며, 바베칸에게 이 일에
대해서는 아무 말도 하지 말라고 명령을 했다. 그는 또
낯선 사내에게 해당되는 법을 즉각 그에게 집행하기 위
해서 총을 든 몇몇 사격수를 불러냈다.

그러나 바베칸은 그에게 은밀히,

"여보, 그래서는 안 돼요."

하고 속삭였다. 노파는 그를 옆으로 데리고 가서, 그 사
내가 처형을 당하기 전에 가족들과 산 속에서 싸우면
여러 가지 위험성이 많으니까, 그들을 이 농장으로 유
인할 수 있는 초청장을 꾸미게 해야 한다고 호앙고에게
설명했다. 가족들이 무장을 하고 있으리라고 생각한 호
앙고는 이 제안에 찬동했다.

그리고 약속대로 편지를 쓰게 하기에는 너무 시간이
늦었으므로 호앙고는 백인 장교 옆에 보초 두 명을 세
웠다. 그리고 그는 노끈이 늘어져 있었기 때문에 안전
을 기하기 위해서 노끈을 조사하고, 그 노끈을 좀 더
바싹 죄기 위해 부하를 몇 명 불러서는 자기 부하를 모
두 데리고 그 방을 나섰다. 그리고 차츰 사람들은 모두

잠자리에 들었다.

그러나 자기한테 다시 한 번 손을 내민 늙은 호앙고에게 그저 겉으로만 안녕히 주무시라고 말하고 침대에 누웠던 토니는, 집 안이 조용해지자 다시 일어나서 집 뒷문을 통해 넓은 들로 나갔다. 그녀는 심한 절망감을 느끼며 큰길을 가로막은 길을 따라서 슈트륌리 씨 가족이 오게 되어 있는 방향으로 달려갔다.

왜냐하면 그 사내가 자기 침대에서 토니에게 던진 시선이 그녀에게는 칼로 가슴을 찌르는 것같이 느껴졌기 때문이다. 그에 대한 그녀의 사랑에는 몹시 괴로운 기분이 뒤섞여 있었다. 그리고 그의 생명을 구하기 위해서 자기 생명을 버릴 수 있다는 것은 생각만 해도 즐거운 일이었다. 슈트륌 씨 가족과 길이 어긋날 것을 염려해서 그녀는 그들이 초청을 받아들였을 때에 일행이 지나가게 되어 있는 소나무 밑에 서 있었다.

그리고 약속대로 새벽빛이 처음으로 지평선에 훤히 떠오르자, 일행을 위해서 안내를 하고 있는 소년 낭키의 목소리가 멀리 삼림 속 나무 사이에서 들려왔다. 그 일행은 슈트륌리 씨와 버새를 타고 있는 그의 아내, 다섯 명의 아이들, 그 중에서 두 명은 열여덟 살과 열일곱 살 먹은 아델베르트와 고트프리트로 버새 옆을 따라가고 있었으며, 하인 셋과 두 명의 식모, 그 중 한 여자

는 젖 먹는 갓난애를 안고 다른 버새를 타고 있었는데,
모두 합해서 열두 명으로 구성되어 있었다. 일행은 소
나무 뿌리가 얽히고설킨 길을 넘어서 천천히 소나무 밑
으로 걸어갔다. 거기서 토니는 아무도 놀라지 않도록
나무그늘에서 조용히 나와서 일행을 보고,

"잠깐만!"

하고 외쳤다.

소년 낭키는 그녀를 곧 알아보았다. 그리고 슈트룀리
씨는 어디 있느냐고 그녀가 묻자 남자들과 여자들, 그
리고 아이들에게 둘러싸인 그녀를 소년은 늙은 가장인
슈트룀리 씨에게 반갑게 소개했다.

"아저씨!"

하고 토니는 그의 인사를 또렷한 음성으로 가로막으며
말했다.

"흑인 호앙고가 갑자기 자기 부하를 모두 거느리고
집으로 돌아왔어요. 그래서 생명을 내걸지 않고서는 그
집에 들어갈 수 없을 겁니다. 게다가 불행하게도 그곳
에 묵고 있던 당신들의 사촌은 호앙고에게 붙잡혀서 구
금되어 있는 상태기 때문에 당신들이 무기를 들고 농장
으로 저를 따라가서 구해오지 않으면 살아 남기 어려울
겁니다."

"하느님 맙소사!"

하고 공포에 사로잡힌 가족들은 모두 외쳤다. 그리고 몸이 불편하고 여행에 지쳐 버린 슈트룀리 씨의 아내는 정신을 잃고 버새에서 떨어지고 말았다. 하녀들이 슈트룀리 씨의 부름을 받고 마님을 구하려고 달려오는 동안, 토니는 청년들에게 질문을 받으며 소년 낭키가 염려되어 슈트룀리 씨와 다른 남자들을 한쪽 옆으로 데리고 갔다. 그리고 수치와 후회의 눈물을 억제하지 못한 채 지금까지 일어난 일을 청년들에게 말했다. 그 사촌이 집에 왔을 때 집안 사정이 어떠했으며, 그녀가 그와 단 둘이서 대화를 나누는 동안에 이상하게도 사태는 완전히 달라졌으며, 흑인 호앙고가 돌아왔을 때 불안한 나머지 반쯤 미쳐서 어떤 조치를 취했으며, 그리고 그녀 자신이 몰아넣은 그를 다시 구하기 위해서는 생사를 걸 각오가 되어 있다고 말했다.

"내 총을 줘!"

하고 외치며, 슈트룀리 씨는 자기 부인이 타고 있던 버새 쪽으로 달려가서 자기 총을 끌어내렸다. 그는 건장한 자기 두 아들 아델베르트와 고트프리트, 그리고 세 명의 용감한 하인이 무장을 하고 있는 동안,

"사촌 형 구스타프가 우리의 생명을 구해 준 것이 한두 번이 아니었다. 이번에는 우리가 그를 구해 줄 차례다."

하고 결의에 차서 말했다.

곧이어 그는 겨우 정신을 차리게 된 자기 아내를 다시 버새에 태우고, 만일을 생각해서 소위 인질로 소년 낭키의 손을 묶게 했다. 그리고 여자들과 아이들을 합친 일행을 역시 무장을 한 자기의 13살 된 아들 페르디난트의 보호 아래 갈매기 늪가로 되돌려 보냈다.

그리고 그는 또 철모를 쓰고 창을 손에 든 토니에게 집에 있는 흑인의 인원과 그들이 뜰에 어떻게 배치되어 있는지를 샅샅이 묻고, 이번 계획에 있어서 가능한 한 호앙고와 그녀의 어머니에게는 해를 끼치지 않겠다고 그녀에게 약속을 했다. 그리고 나서 그는 용감하게 하느님의 도움을 믿으며, 남아 있는 적은 그의 일행의 선두에 서서 토니의 안내를 받으며 그 집을 향하여 떠났다. 집에 도착하여 일행이 뒷문으로 살며시 들어가자마자 토니는 슈트룀리 씨에게 호앙고와 바베칸이 자고 있는 방을 가리켜 주었다. 또 슈트룀리 씨가 자기 부하들을 데리고 열려 있는 집 안으로 들어가서 흑인들이 모아 놓은 무기를 빼앗고 있는 동안, 그녀는 한쪽 옆으로 떨어져서 다섯 살 된 낭키의 배다른 동생 제피가 자고 있는 오막살이집으로 들어갔다. 그곳에는 늙은 호앙고의 서자인 낭키와 제피가 있었다. 특히 제피는 얼마 전에 어머니가 죽었기 때문에 호앙고에게 매우 소중한 아들이었다. 붙잡힌 사나이를 구할 때도, 갈매기 늪으로 되돌아가서 거기서 그녀도 같이 끼게 될 포르토프랭스 쪽으로 피신을 하는 데도 여러 가지 난관이 가로놓여 있었다.

그래서 그녀는 소위 인질로서 두 아이를 손에 넣어 두는 것은 만일 흑인의 추격을 받을 때에도 일행을 위해서 매우 유리하다고 생각되었기 때문이다. 그녀는 그 아이를 남의 눈에 띄지 않게 침대에서 들어 안고, 자는 둥 마는 둥 하는 그 애를 본관으로 데리고 갔다. 그러는 동안 슈트룀리 씨는 자기 일행을 데리고 최대한 살며시 호앙고의 방으로 들어갔다. 그런데 그와 바베칸이 침대에 누워 있으리라고 예상했던 것과는 달리 인기척에 잠이 깬 그들은 맨몸으로 손을 쓸 경황도 없이 둘 다 방 한가운데 서 있었다. 자기 총을 손에 들면서 슈트룀리 씨는,

"항복을 해라, 그렇지 않으면 죽일 테다!"
하고 외쳤다.

그러나 호앙고는 아무 대답도 없이 벽에 걸린 피스톨을 끌어당겨 발사했으나 총알은 슈트룀리 씨의 머리를 스치며 사람들 사이로 빗나갔다. 슈트룀리 씨 일행은 총소리를 듣고 미친 듯이 호앙고에게 달려들었다. 호앙고는 또 한 발을 쏘아 하인의 어깨에 관통상을 입히고

자기도 칼에 맞아 손에 부상을 입었다.

그리고 그와 바베칸은 땅바닥에 쓰러진 채 밧줄로 커다란 테이블 다리에 묶였다. 그러는 동안 총소리를 듣고 잠에서 깬 호앙고의 흑인 부하들 20여 명 이상이 바베칸이 집 안에서 비명을 지르는 것을 들었기 때문에 그들의 오막살이에서 뛰어나와서 무기를 챙기기 위해 미친 듯이 그 집을 향해 몰려갔다.

상처가 그리 대단하지 않은 슈트룀리 씨는 부하를 창가에 배치하고 놈들을 가로막기 위해서 그들에게 총을 쏘았지만 아무 효과도 없었다. 놈들은 이미 뜰에 쓰러져 있는 두 흑인의 시체도 개의치 않고, 도끼와 철장을 들고 와서 슈트룀리 씨가 잠가 버린 현관문을 부수려고 했다. 바로 그때 토니가 소년 제피를 안고 떨리는 몸으로 호앙고의 방으로 들어섰다. 이것을 보고 슈트룀리 씨는 매우 기뻐하며, 그녀의 팔에 안긴 소년을 끌어당겼다.

그는 엽도를 빼 들고 호앙고를 향하여, 만일 흑인들에게 명령해서 그들의 계략을 중지시키지 않으면, 이 아이를 당장 죽여 버리겠다고 선언했다. 세 손가락에 상처를 입고 기가 꺾인 호앙고는 거절하면 자기 자신의 생명이 위태롭다는 것을 깨닫고, 잠시 생각에 잠겼다가, 마룻바닥에서 몸을 일으키며 그렇게 하겠다고 대답했다. 슈트륌리 씨에게 끌려서 그는 창문가로 가서 왼손에 들고 있던 수건을 창 밖으로 흔들며, 자기 생명을 구하기 위해서는 도움이 필요 없으니까 문을 건드리지 말고 오막살이로 돌아가라고 외쳤다.

이제 싸움은 조금 가라앉았지만 슈트륌리 씨의 요구에 따라 호앙고는 집 안에 붙잡혀 있던 흑인 하나를, 그때 아직 뜰에서 서성거리며 서로 수군덕거리고 있는 흑인들에게 내려보내서 이 명령을 다시 전하도록 했다. 사태의 진전에 대해서 이해가 가지 않았지만 흑인들은 이렇게 정식으로 전해 온 말에 따르지 않을 수 없었기 때문에, 이미 실천에 옮길 모든 준비를 갖추고 있던 그들의 계획을 포기하고 투덜투덜 불평을 하면서도 하나둘 그들의 오막살이로 돌아갔다.

슈트륌리 씨는 호앙고의 눈앞에서 소년 제피의 두 손을 한 부하에게 묶게 하고는 호앙고에게 말했다. 자기 생각은 불행하게도 이 농장에 체포되어 있는 자기 조카를 구하고, 포르토프랭스로 가는 길을 막지 않는다면 호앙고와 두 아이의 생명에는 해를 끼치지 않고, 아이들은 다시 돌려보내겠다는 것이었다. 토니는 바베칸에게 가까이 가서 설레는 가슴을 억제하지 못하며 작별의 악수를 하려고 하자, 바베칸은 사납게 그 손을 뿌리쳤다.

노파는 그녀를 비열한 배신자라고 외치며, 쓰러져 있
던 테이블 다리를 붙들고 말했다.

"네가 그런 창피한 짓을 하고 기뻐하기도 전에 천벌
이 내릴걸."

"난 배신한 일 없어요. 백인 여자인 나는 당신들이 붙
잡아 둔 저 청년과 약혼한 사이예요. 난 당신들이 공공
연하게 싸우고 있는 백인종에 속하며, 지금까지 당신들
편에 서 있었다는 데 대해서는 하느님 앞에서도 해명할
수 있어요."

하고 토니가 대답했다.

그러자 슈트룀리 씨는 만일을 생각해서 흑인 호앙고
를 다시 묶어서 문틀에 단단히 동여매게 한 뒤 그 옆에
파수병을 한 사람 두고, 어깨뼈가 부서져서 기절해 있
는 하인을 데리고 나가게 했다.

그런 다음 호앙고에게 며칠 후 프랑스의 제일 전초
기지가 있는 생 루이에서 낭키와 제피 두 아이를 데려
갈 수 있을 것이라고 말한 슈트룀리 씨는 여러 가지 감
회에 사로잡혀 눈물을 걷잡지 못하고 있는 토니의 손을
붙잡고 바베칸과 늙은 호앙고의 저주를 받으며 그녀를
침실에서 데리고 나왔다.

그 동안 슈트룀리 씨의 아들인 아델베르트와 고트프
리트는 처음 창가에서 벌어졌던 심한 전투를 이미 끝내

고, 아버지의 분부대로 그들의 사촌형인 구스타프의 방
으로 달려가 그를 지키고 있던 두 흑인의 완강한 저항
을 받고도 다행하게 그들을 때려 눕혔다. 하나는 죽어
서 방 안에 쓰러져 있었고, 또 하나는 심한 총상을 입
고 복도까지 기어나와 있었다. 형제 중 하나가 그때 가
볍기는 했지만 허벅다리에 부상을 입고 있었다. 그들은
소중히 사랑하던 사촌형을 풀어 주고는 얼싸안고 그에
게 키스를 하며 총칼을 쥐어 주고 환호를 올렸다. 그
동안 앞방에서는 이미 싸움의 결판이 나서 아버지는 아
마 돌아갈 모든 준비를 갖추고 있을 것이므로 그리로
따라오라고 했다. 그런데 구스타프는 침대에서 반쯤 몸
을 일으키고 그들과 정답게 악수는 했지만 어쩐지 멍하
니 아무 말도 없었다. 그리고 그에게 주는 피스톨은 받
지도 않고, 오른손을 들더니 뭐라고 말할 수 없이 괴로
운 표정을 지으며, 그 손으로 자기 이마를 더듬었다. 그
의 옆에 앉아 있던 두 청년은 어디가 편치 않느냐고 구
스타프에게 물었다.

　그러나 그가 그들에게 안겨서 아무 말도 없이 머리를
동생의 어깨에 기대는 것을 보자, 아델베르트는 자리에
서 일어나 그가 기절이라도 하는 것이 아닌가 착각을
하고 그에게 물 한 모금을 떠다 주려고 했다. 바로 그
때 토니가 소년 제피를 안고 슈트룀리 씨의 손에 끌려

서 그 방으로 들어왔다. 이것을 본 구스타프는 안색이
달라지며, 쓰러질 듯 자리에서 일어나면서 동생들 몸에
기대었다. 그리고 그는 동생들의 손에서 빼앗은 피스톨
로 어쩔 작정인지 알아 볼 사이도 없이, 분노의 이빨을
갈면서 토니에게 피스톨을 발사했다. 총알은 그녀의 가
슴 한복판을 뚫고 나갔다.

토니는 이을락말락 하는 괴로운 신음 소리를 내며,
몇 걸음 그에게로 발을 옮긴 다음 소년 제피를 슈트룀
리 씨에게 맡기고 나서 그의 앞에 쓰러졌다. 그러자 구
스타프는 피스톨을 그녀에게 던지고 그녀를 발로 걷어
차며 더러운 년이라고 소리치면서 다시 침대에 쓰러지
고 말았다.

"이게 무슨 짓이야!"

하고 슈트룀리 씨와 그의 두 아들은 놀라서 외쳤다. 청
년들은 달려가서 그녀를 일으키면서, 이러한 위기에 여
러 차례 일행을 위해서 의사 역할을 한 일이 있는 늙은
하인 한 사람을 불렀다. 그러나 경련이라도 일으킨 듯
떨리는 손으로 상처를 그러쥐고 있던 토니는 동생들을
밀치고, 자기를 쏜 구스타프를 가리키며 숨을 몰아 쉬
면서,

"그이한테……말해 줘요."

하고 말을 더듬었다. 그리고 다시

"그……그이에게……말해……줘요."

하고 반복했다.

"무슨 말을 해?"

하고 슈트룀리 씨가 물었지만, 이미 죽음이 가까워 온 그녀는 그 이상 말이 없었다.

에델베르트와 고트프리트는 일어나서 영문을 모르는 무시무시한 살인자에게,

"그녀가 생명을 구해 준 것을 형은 알아? 그녀는 형을 사랑했고, 부모와 재산 등 모든 것을 형을 위해서 희생하면서까지 같이 포르토프랭스로 도망치려고 한 것을 알아?"

하고 소리를 질렀다. 그래도 구스타프가 멍하니 그들의 이야기에는 귀를 기울이지 않고 침대에 쓰러져 있었기 때문에 그들은 그의 귀에 대고,

"구스타프, 귀가 먹었어!"

하고 고함을 치고 그를 흔들며, 머리카락을 끌어당기기도 했다.

그러자 구스타프는 몸을 일으키고 피투성이가 되어 쓰러져 있는 토니한테 시선을 보냈다. 그리고 그렇게 잔인한 범행을 저지르게 되었던 분노도 자연히 인지상정인 동정으로 변하게 되었다. 슈트룀리 씨는 뜨거운 눈물로 수건을 적시며,

"불쌍한 녀석, 어째서 그런 짓을 했어?"

하고 묻자, 이마의 땀을 닦으며 그녀를 바라보고 있던 구스타프는 비열하게도 그 여자가 밤중에 자기를 묶어서 흑인 호앙고에게 넘겼다고 대답했다.

그러자 토니는,

"아아."

하고 외치며

"당신을, 당신을 묶은 것은……."

하고 뭐라고 말할 수 없는 표정을 지으며 그에게로 손을 내밀었다. 그러나 그녀는 그 이상 말을 할 수 없었으며, 그녀의 손도 그에게까지 미치지 못했다. 그러더니 그녀는 갑자기 힘이 쭉 빠져 버리기나 한 듯이 다시 슈트룀리 씨의 무릎에 쓰러지고 말았다.

"왜 그런 짓을 했지?"

하고 구스타프는 창백한 얼굴로 그녀의 옆에 무릎을 꿇으며 물었다. 한동안 그녀의 대답을 기다렸지만 아무 말도 없이, 그저 토니의 단말마적인 괴로운 숨소리만 침묵을 깨뜨리고 있었기 때문에 슈트룀리 씨가 입을 열며,

"호앙고가 돌아온 후 너를 구하기 위해서는 다른 방법이 없었기 때문이야. 네가 틀림없이 벌이게 될 싸움을 피하여, 이 여자는 우리 일행이 계획에 따라 달려와

서 무기를 손에 들고 너를 구할 때까지 시간의 여유를
얻으려고 했기 때문이었어."
하고 말했다.

구스타프는 두 손으로 얼굴을 가렸다.

"아이쿠!"
하고 그는 얼굴도 들지 못하며 외쳤다. 그리고 그는 발
밑의 땅이 꺼지는 것 같은 생각에 빠져서,

"그 말이 정말이오?"
하고 말했다.

그는 그녀의 몸을 끌어안고, 처절하게 찢어지는 듯한
심정으로 그녀의 얼굴을 내려다보았다. 그리고는

"아아!"
하고 외쳤다.

"제 말을……믿어 주시지……."
하고 토니는 말했지만, 그것은 그녀의 마지막 말이었
다. 그렇게 말하고 그녀는 숨을 거두었다. 구스타프는
자기 머리를 쥐어뜯었다. 그리고 사촌동생들이 그를 그
녀의 시체에서 떼어놓았을 때,

"정말 네 말을 믿었어야 했는데, 우리는 서로 말은 하
지 않았지만 너는 무언의 약속으로 내 약혼자나 다름이
없었으니까 말이야."

슈트룀리 씨는 슬픔을 참지 못하며, 토니의 가슴을

덮고 있던 웃옷을 걷고 변변치 않은 의료 도구를 들고
옆에 서 있던 몇몇 하인을 시켜서, 토니의 가슴뼈에 박
혀 있을 총알을 빼내게 했다.

그러나 이미 말한 것처럼 아무리 애를 써도 소용이
없었다. 관통상을 입은 그녀의 영혼은 이미 천국에 잠
들어 있었다.

그러는 동안에 구스타프는 창문가로 걸어갔다. 그리
고 슈트룀리 씨와 그의 아들들이 소리 없이 눈물을 흘
리면서 토니의 시체를 어떻게 처리하며 어머니를 불러
올 필요는 없지 않느냐는 의논을 하고 있는 동안에, 구
스타프는 총알이 들어 있는 다른 피스톨로 자기 자신을
쏘았다. 이렇게 놀라운 사태가 다시 벌어지게 되자 친
족들은 그만 넋을 잃고 말았다.

재빨리 구원의 손길은 그에게로 기울어졌다. 그러나
가엾은 그의 두개골은 산산히 부서져서— 총을 입 안에
넣고 쏘았기 때문에— 두개골의 일부는 이 벽 저 벽에
산란하게 흩어져 붙어 있었다.

처음으로 정신을 가다듬은 것은 슈트룀리 씨였다. 햇
빛이 창문으로 밝게 비쳤을 때 이미 흑인들이 다시 뜰
에 나타났다는 소식이 들어왔으므로 지체 없이 돌아갈
준비를 하는 수밖에는 도리가 없었기 때문이다. 두 시
체는 무엄하고 사나운 흑인들의 손에 맡기지 않고, 판

자에 실렸다. 다시금 총에 장탄을 하고 나서 비애에 잠긴 일행은 갈매기 늪을 향해서 길을 떠났다. 소년 제피를 안고 있는 슈트룀리 씨가 선두에 서고 시체들을 멘 힘센 두 하인이 그의 뒤를 따랐다. 부상을 입은 하인은 지팡이를 짚고 그 뒤를 따랐다.

그리고 에델베르트와 고트프리트는 총의 안전장치를 풀고 천천히 걸어가고 있는 장송 행렬 옆을 따라가고 있었다. 흑인들은 그 일행의 세력이 매우 약하다는 것을 알고는 창과 삼지창을 들고 그들의 집에서 나와서 습격하려는 기세를 보였다. 그러나 이미 풀려 있던 호앙고는 만일을 생각해서 그 집 계단으로 가 흑인들에게 조용히 하라고 손짓을 했다. 그리고 그는,

"생 루스에서!"

하고 이미 시체를 메고 문을 나서려는 슈트룀리 씨를 보고 외쳤다. 그러자 슈트룀리 씨도,

"생 루스에서."

하고 대답하고 일행은 추격을 받지 않고 들로 나가서 산 속에 이르렀다. 가족들이 있는 갈매기 늪가에서 한없이 눈물을 흘리며 사람들은 두 시체를 묻기 위해서 무덤을 팠다.

그리고 그 두 남녀가 끼고 있던 반지를 서로 바꿔 끼우고, 고요한 기도 소리가 번지는 가운데 두 시체는 영

원히 평화스러운 무덤 속에 묻혔다.

슈트룀리 씨는 처자를 데리고 닷새 후 무사히 생 루스에 이르렀다. 거기서 그는 약속대로 두 흑인 소년을 뒤에 남겨 두었다. 그는 포르토프랭스가 포위되기 직전에 그곳에 들어가 그곳에 있는 보루에서 백인들을 위해 완강한 저항을 하며 싸우다가 그 도시가 데살린 장군의 손에 들어갔을 때, 그는 프랑스 군대와 함께 영국 함대로 피신을 했다. 그 가족들은 유럽으로 건너간 다음에는 별로 어려운 일을 만나지 않고 고국인 스위스로 돌아갔다. 슈트룀리 씨는 그곳에 남아 있던 많지 않은 재산으로 리기 지방에 집을 사서 정주하게 되었다.

1807년경에 그의 정원 숲 사이에서는 비석을 찾아볼 수 있었는데, 그 비석은 슈트룀리 씨가 조카인 구스타프와 그의 약혼녀인 정숙한 토니를 위해서 세운 것이었다.

칠레의 지진

칠레의 지진

1647년 칠레 왕국의 수도인 산티아고에서 대지진이 일어나자, 수많은 인명과 막대한 재산의 손실을 보고 몰락하게 되었을 때 여기 예로니모 루줴라라는 스페인 청년은 고소를 당해 감금되어 있는 형무소 기둥에 몸을 기대고 서서 목을 매어 죽으려는 순간이었다.

1년 전까지만 해도 그는 시내에서 가장 부유한 귀족인 돈 엔리코 아스테론 집에서 가정교사 노릇을 하고 있었지만, 그의 고명딸인 돈나 요제페와 사랑하는 사이라는 것이 알려지자 그만 해고를 당하고 말았다. 아버지가 딸을 엄하게 타이른 뒤에도 두 사람은 계속 남몰래 만난다고 아들이 늙은 아버지 아스테론에게 고해 바치자, 화가 난 나머지 그는 자기 딸을 그 지방에 있는 수도원에 넣어 버리고 말았다.

그러나 다행히도 어느 우연한 기회에 루줴라는 그곳에서 다시 요제페와 인연을 맺게 되었고, 따라서 수도원 뜰은 그들에게 행복의 보금자리가 되었다.

때는 성체 축일이었다. 처음으로 수도원에 들어온 수

런 수녀들이 수녀들의 뒤를 따르는 엄숙한 행렬이 시작
되는 종소리가 울렸을 때, 불쌍한 요제페는 갑자기 산
기(産氣)를 보이며, 대성당 계단에 쓰러지고 말았다.
이 사건은 비상한 주의를 끌게 되었다. 그 젊은 파계자
는 산기가 있었음에도 불구하고 당장 형무소에 수감되
었다. 그리고 그녀는 산욕에서 일어나자마자 대승정의
명령에 따라 가장 엄한 재판을 받게 되었다.

시내에서는 이 불상사에 대해서 분노의 소리가 자자
했고 그러한 일이 일어난 수도원에 대해서도 비난의 소
리가 높았다. 그렇기 때문에 아스테론 일가의 탄원과,
그밖에는 그 행동이 탓할 데가 없는 이 소녀를 아끼던
원장의 간청도, 그녀에게 적용될 수도원의 준엄한 제재
를 완화시킬 수는 없었다. 다만 부왕의 명령에 따라서
그녀가 언도를 받은 화형을 단두형으로 바꿀 수는 있었
다. 하지만 산티아고에 사는 부인과 처녀들의 원성은
막을 길이 없었다.

그 소녀가 형장으로 끌려가게 될 통로에서는 미리부
터 창문을 열기도 하고 지붕을 걷어올리기도 했으며,
그 거리의 경건한 딸들은 친한 친구들을 불러들여서 천
벌이 내리는 광경을 여자의 입장에서 같이 보려고 했
다.

그 동안 역시 형무소에 갇혀 있던 루줴라는 엄청나게

사태가 악화된 것을 알았을 때, 정신이 나갈 지경이었다. 형무소에서 탈출하려고 생각해 보았지만 소용이 없었다. 멋대로 생각하며 날뛰어 보기도 했지만, 가는 곳마다 빗장과 벽에 부딪히고 말았다. 그리고 철창문을 부수려고도 해보았지만, 곧 발각되어 더 좁은 감방에 수감되기도 했다. 그러자 그는 자기를 구해 줄 수 있는 유일한 존재인 성모 마리아 상 앞에 무릎을 꿇고 성심성의를 다하여 기도를 올렸다.

그러나 무시무시한 그날이 다가왔다. 그리고 그는 마음속으로 자기 입장이 어디까지나 절망적이라는 것을 느끼게 되었다. 요제페가 형장으로 끌려가는 것을 알리는 종소리가 울렸다. 그러자 그의 마음은 절망에 사로잡히고 말았다. 루췌라는 더이상 살고 싶지 않았다. 그래서 그는 우연히 발견한 노끈으로 목숨을 끊으려고 결심을 한 것이다.

이미 앞에서 밝힌 바와 같이, 그는 기둥에 몸을 기대고 서서 괴로운 이 세상에서 자기를 벗어나게 할 수 있는 그 노끈을 추녀 끝에 박혀 있는 쇠고리에 단단히 걸었다. 바로 그때 갑자기 온천지가 무너지듯이 우지끈거리고 그 도시의 대부분이 갈라지며, 거기서 생명을 부지하고 있던 모든 것이 그 폐허 속에 묻혀 버리고 말았다.

예로니모 루췌라는 놀라서 어쩔 줄을 몰랐다. 그리고
의식이 혼미해지는 것을 느끼자 순간 그는 곧 자기가
의지해 죽으려고 했던 기둥에 기대며 쓰러지려는 몸을
간신히 지탱할 수 있었다. 마룻바닥이 발 밑에서 흔들
리고 감방 벽이 사방 갈라지며 건물 전체가 거리 쪽으
로 쓰러질 듯이 기울어졌다. 바로 그때 맞은편 벽이 이
에 따라 서서히 기울어지면서, 우연하게도 휑하게 아치
모양의 구멍을 남겨 놓았다. 머리카락이 곤두서고 떨리
는 몸으로 쓰러지려는 무릎을 이끌며, 루췌라는 비스듬
히 기울어진 마룻바닥을 지나서 양쪽 건물이 서로 마주
칠 때, 형무소 앞쪽 벽에 생긴 구멍으로 겨우 빠져나갔
다. 그가 밖으로 나가자마자 이미 요동쳤던 거리 전체
가 다시 한 번 흔들리면서 완전히 폐허가 되고 말았다.

온통 폐허로 변해 버린 상황에서 어떻게 몸을 피할까
생각할 여유도 없이, 그는 사방에서 다가오는 죽음을
느끼며 쓰레기와 부서진 목재가 쌓여 있는 폐허를 지나
거리에서 가장 가까운 문을 향해 급히 달려갔다. 거기
서도 집 한 채가 무너지는 바람에 사방으로 흩어지는
위험물을 피해서 그는 골목길로 몸을 피했다.

그러자 어느덧 무너진 이집 저집의 박공에서 검은 연
기가 나며 화염이 치솟았기 때문에 깜짝 놀라서 그는
또 다른 골목으로 들어갔다.

그러나 그곳에서도 강기슭에서 넘치는 마포초 강물에 밀려서 그는 소리를 지르며 다른 골목으로 쫓기고 말았다. 거기에는 사람들이 무더기로 쓰러져 있는가 하면, 폐허 속에서 신음 소리가 들리기도 하고, 타오르는 지붕에서 소리소리 외치는 사람이 있는가 하면, 강물에 밀려가는 사람과 가축도 있었다.

어떤 사람은 용감하게도 구원의 손길을 뻗기도 하고, 또 어떤 사람은 죽은 듯이 창백한 얼굴로 아무 말도 없이 떨리는 손을 하늘 높이 쳐들고 있었다. 루췌라는 거리의 문을 지나서 맞은편에 있는 언덕에 오르자 정신을 잃고 그 자리에 쓰러지고 말았다.

혼수 상태는 15분 가량 계속되었다. 그러다가 마침내 다시 깨어나서 그는 거리로 등을 돌리고 땅 위에 반쯤 몸을 일으켰다. 그러한 상태에서 어찌할 바를 모르며, 그는 자기 이마와 가슴을 더듬어 보았다. 그리고 다시 정신을 차린 뒤 해변에서 불어오는 서풍을 받으며 산티아고 부근의 꽃이 만발한 지역으로 눈길을 돌렸을 때, 그는 뭐라고 말할 수 없는 기쁨을 느끼게 되었다. 그저 어디서나 볼 수 있는 허둥대는 사람의 무리가 그의 마음에 걸리기는 했지만, 그는 어떻게 자기가 그런 곳으로 오게 되었는지 알 수가 없었다.

그러나 그가 몸을 돌리고 자기 뒤에 있는 다 무너진

거리를 바라보았을 때, 비로소 그 자신이 체험한 무시무시한 순간이 머릿속에 떠올랐다. 그는 머리가 땅에 닿을 정도로 허리를 굽히고, 기적적으로 살아난 데 대해서 하느님께 감사를 드렸다.

그리고 그의 마음속에 사무치도록 남아 있는 무서운 그 인상이 마치 다른 모든 인상을 몰아내기라도 한 것처럼 그는 가지가지 현상에 가득찬 정다운 인생을 즐기려는 듯, 기쁨에 넘쳐서 눈물을 흘리기까지 했다.

잠시 후 자기 손에 끼고 있는 반지를 보았을 때 갑자기 그의 머릿속에는 요제페에 대한 생각이 났다. 동시에 형무소와 거기서 들은 종소리 그리고 형무소가 무너지기 직전의 순간이 머리에 떠올랐다. 그러자 그의 가슴은 다시 깊은 애수에 잠기게 되었다. 조금 전에 올린 기도도 후회스러웠고, 하늘을 지배하는 신의 존재도 어쩐지 두렵기만 했다. 가재를 구하려고 서두르며 문으로 밀려나오는 주민들 사이에 끼어서 부끄러운 마음으로 아스테론의 딸은 어찌 되었으며, 그녀에 대한 사형은 집행되었는지 어쩐지 하는 것을 물어 보았다.

그러나 자세한 소식을 알려 주는 사람은 하나도 없었다. 때마침 땅에 닿을 듯이 숙인 목에 큼직한 가구류의 짐을 걸머지고 가슴에 두 어린애를 안고 가던 부인이 마치 그 현장을 보기라도 한 것처럼, 그녀는 처형되었다고 말했다.

루췌라는 발길을 돌렸다. 그리고 시간을 헤아려 보아
도 형이 집행된 것은 의심할 여지가 없었기 때문에, 그
고요한 숲속에 앉아서 하염없이 괴로운 심정을 달래고
있었다. 그는 자연의 파괴력이 다시 그의 신변에 닥쳐
왔으면 했다. 가엾은 그의 마음이 그처럼 찾고 있었고,
사방에서 다가와 자기를 괴로운 세상에서 구할 수 있었
던 죽음의 순간에, 어떻게 죽음을 벗어나게 되었는지
알 수가 없었다. 그리고 만일 이제 떡갈나무가 뿌리째
뽑혀서 그 가지가 자기 머리 위에 덮친다 해도 그는 움
직이지 않으려고 결심했다.

그처럼 하염없이 눈물을 흘리면서 뜨거운 눈물 속에
서나마 그의 마음속에 한 가닥 희망이 다시 떠오르자
그는 자리에서 일어나 사방으로 두루 벌판을 헤매었다.
사람들이 모여 있는 산꼭대기는 모두 찾아가 보았다.
피난민이 물밀 듯이 밀려가는 길가에서 그는 그들을 만
나 보기도 했다. 여자의 옷깃이 바람에 펄럭이는 곳이
면 어디나 그는 떨리는 발걸음을 옮겼다. 그러나 사랑
하는 아스테론의 딸을 본 사람은 아무도 없었다.

해는 서산에 기울고, 그와 동시에 그의 희망도 어느
덧 다시 기울어지자 어떤 바위 기슭으로 발을 옮겼을
때, 그의 눈앞에는 넓고 사람이 그리 많이 찾아 들지

않는 골짜기가 확 트였다. 어찌할 줄을 모르고 망설이
면서 사람들이 모여 있는 곳을 두루 살펴보고 다시 돌
아서려고 하는데 골짜기를 적시는 냇가에서 어떤 젊은
여자가 냇물에 어린애를 씻겨 주고 있는 것이 갑자기
그의 눈에 띄었다. 이 광경을 본 그의 가슴은 몹시 설
렜다. 어떤 예감을 걷잡지 못하며 바위로 뛰어내려서
그는,

"아이고, 이게 누구야!"
하고 외쳤다.

그러자 그 소리에 놀라서 어물어물 돌아보는 그녀는
틀림없는 요제페였다. 기적적으로 하늘의 도움을 받은
불쌍한 두 남녀가 얼싸안았을 때, 그들의 기쁨이 어떠
했으랴!

요제페가 죽음의 발걸음을 형장 가까이로 옮겼을 때
갑자기 그 건물 전체가 우르르 하고 무너지는 바람에
처형장으로 가던 행렬은 산산히 흩어지게 되었다. 그러
자 놀란 그녀는 발걸음을 우선 문 있는 데로 옮겼다.

그러나 곧 다시 정신을 차리게 된 그녀는 발길을 돌
려서 가엾은 갓난애가 남아 있는 수도원으로 급히 달려
갔다. 그때 이미 수도원은 불길에 싸여 있었으며, 그녀
가 형장으로 끌려가던 순간, 아기를 보살펴 주겠다고
나섰던 원장이 문 앞에 서서 아기를 구해 달라고 외치

고 있었다. 요제페는 두려운 줄도 모르고 밀려오는 연기를 헤치며 이미 사방에서 무너지고 있는 그 건물 속으로 들어가서 마치 천사들의 보호를 받기라도 한 듯이 무사히 아기를 안고 다시 밖으로 나왔다.

그녀가 머리 위에 두 손을 합장하고 있는 원장의 품에 쓰러지려고 하자, 원장과 그녀 밑에 있던 모든 수녀들은 무너지는 수도원 박공에 무참히도 깔리고 말았다. 놀라운 이 순간 요제페는 몸을 떨면서 주춤하고 뒤로 물러섰다. 그녀는 원장의 눈을 재빨리 감겨 주고, 공포에 싸인 채 하늘이 다시 돌려 준 귀한 아기를 살리기 위해서 도망을 치고 말았다.

몇 걸음 걸어갔을 때, 그녀는 조금 전에 대성당의 폐허 속에서 꺼낸 대승정의 시체를 만났다. 부왕의 궁전은 무너지고, 그녀가 사형언도를 받았던 법원은 훨훨 타고 있었다. 그리고 자기 집이 있던 자리는 호수로 변해서 붉은 김이 무럭무럭 나고 있었다.

요제페는 있는 힘을 다해서 몸을 가누려고 했다. 그녀는 쓸쓸한 기분을 가슴속에서 떨치고 아기를 안고 힘차게 이 거리 저 거리를 헤매며 어느덧 문에 가까이 왔을 때, 루췌라가 갇혀서 수심에 잠겨 있던 형무소가 다 무너진 것을 보았다. 이 광경을 보자 그녀는 비칠거리며 정신 없이 한쪽 모퉁이에 쓰러지고 싶었다. 그러나

이 순간 이미 여러 차례 진동이 있었기 때문에 흔들거
리던 집이 그녀 뒤에서 갑자기 무너지는 바람에 그녀는
깜짝 놀라서 정신을 차리고 다시 벌떡 일어났다. 그녀
는 아기에게 키스를 하고, 흐르는 눈물을 억제하면서
자기 주위에 가로놓여 있는 무서운 광경은 전혀 거들떠
보지도 않고 문에 도달했다.

문 밖에 나오자 그녀는 집이 무너진다고 해서 반드시
그 집에 살던 사람이 깔리는 것은 아니라는 결론을 내
리고, 다음 갈림길에 조용히 서서 어린 필립 다음으로
이 세상에서 자기에게 가장 정다운 사람이 나타나지나
않을까 하고 기다리고 있었다.

그러나 그런 사람은 나타나지 않고, 사람들의 혼잡이
더욱 심해지자 그녀는 앞으로 발을 옮기다가 다시 돌아
서서 기다리기도 했다. 그리고 한없이 눈물을 흘리며,
소나무로 뒤덮인 어둑어둑한 골짜기로 들어가서 이미
저승으로 간 그의 영혼을 위해서 기도를 드리려고 했
다. 그런데 거기서, 그 골짜기에서 사랑하는 연인을 만
나게 되었고 그 골짜기가 에덴의 동산이기나 하듯이 짜
릿한 행복을 맛보았다.

그녀가 이러한 모든 사실을 루쉐라에게 감격에 넘치
는 어조로 말하고, 이야기를 마치자 그녀는 키스를 하
도록 아기를 그에게 주었다. 루쉐라는 아기를 받아들

고, 뭐라고 말할 수 없는 아버지의 기쁨을 느끼며 어루만져 주었다. 그러나 낯선 얼굴을 보고 아기가 울기 시작하자, 그는 한없이 귀여운 마음이 용솟음쳐 올라 어린 아기의 울음을 달랬다.

그러는 동안에 가장 아름답고 뭐라 표현할 수 없는 향기가 가득 차고 은빛처럼 반짝여서 시인이 아니면 꿈에도 생각할 수 없는 고요한 밤이 다가왔다.

골짜기의 샘물을 따라가는 곳마다 달빛이 반짝이고 사람들은 하루의 괴로움을 씻으려는 듯 이끼와 나뭇잎으로 부드러운 잠자리를 마련하고 있었다. 불쌍한 사람들이 집을 잃고 처자를 잃고, 심지어는 모든 것을 다 잃어버리고 여전히 슬퍼했기 때문에 루췌라와 요제페는 그들의 마음속에서 남몰래 흘러나오는 기쁨이 다른 사람을 슬프게 하지나 않을까 생각해서, 좀더 우거진 숲속으로 들어갔다.

그들은 아름다운 한 그루의 석류나무를 발견했다. 그 나무는 향기로운 열매가 가득 달려 있는 가지를 사방으로 뻗치고 있었으며, 꼭대기에서는 두견새가 즐거운 노래를 우짖고 있었다. 거기서 루췌라는 나무 밑에 앉고, 필립을 안은 요제페는 그의 무릎에 몸을 기댄 채 세 사람은 그의 외투를 덮고 지친 몸을 쉬었다. 나무 그림자는 흩어진 달빛과 같이 그들 위에서 흔들리고 있었다.

그들이 잠들기 전에 어느덧 달빛은 밝아 오는 새벽빛으로 다시 빛을 잃어 가고 있었다. 그들의 이야기는 수도원 뜰에 관한 이야기부터 형무소와 그들이 서로 괴로워했던 이야기에 이르기까지 끝이 없었다.

그리고 자신들은 행복해진 반면에 이 세상에는 얼마나 많은 비참한 일이 일어났는가 하는 것을 생각하니 정말 감개무량했다.

그들은 지진이 끝나는 대로 요제페의 친구가 있는 라 콘셉시온으로 가서 그 친구에게 돈을 조금 빌려 가지고, 거기서 떠나 루췌라의 외가쪽 친척이 살고 있는 스페인으로 건너가서 일생 동안 행복을 누리기로 결정지었다. 그리고 그들은 한없이 키스를 나누다가 잠이 들고 말았다.

그들이 잠에서 깨었을 때 해는 이미 하늘 높이 떠 있었고, 가까이에서 몇몇 가족들이 불을 피우고 간단한 아침 식사 준비를 하고 있는 것이 눈에 띄었다. 루췌라도 자기 가족들을 위해서 먹을 것을 마련해야 되겠다고 생각하고 있었다. 바로 그때 훌륭한 옷을 입은 어떤 청년이 아기를 품에 안고 요제페 옆으로 다가와서 공손한 어조로 이 애의 어머니는 부상을 당해 나무 밑에 쓰러져 있는데, 미안하지만 이 아기에게 젖을 좀 줄 수 없겠느냐고 물었다.

요제페는 그 남자가 아는 사람이라는 것을 알아채고는 조금 어리둥절했다. 그러나 그녀의 당황하는 태도를 잘못 해석한 그 남자는,

"잠깐이면 되지요, 돈나 요제페씨, 이 애는 우리가 모두 불행을 당하게 된 그때부터 한 방울도 젖을 먹지 못했어요."

하고 말을 이었다.

"제가 아무 말도 하지 않은 이유는 다른 데 있었어요. 돈 페르난도 씨. 이렇게 무서운 시기에는 자기가 갖고 있는 것을 남과 나누는 데 아무도 이의가 없을 겁니다."

이렇게 말하고 그녀는 자기 아기를 아기 아버지에게 맡기고 낯선 아기를 선뜻 받아안고 젖을 먹여 주었다. 돈 페르난도는 이 호의에 감사하며, 바로 지금 자기 가족이 불을 피워서 간단한 아침 식사를 준비하고 있으니까 자리를 같이 하는 것이 어떻겠느냐고 제안했다. 요제페는 그 제의를 기꺼이 받아들였다. 루쉐라도 별로 반대를 하지 않았기 때문에 그들은 그의 뒤를 따라 그의 가족이 있는 곳으로 갔다.

거기서 그녀는 점잖은 젊은 부인으로 자기도 알고 있는, 페르난도의 가족들한테 진심으로 정다운 영접을 받았다. 발에 심한 상처를 입고 땅에 쓰러져 있는 페르난도의 부인인 돈나 엘뷔레는 그녀가 굶주린 자기 아기를

가슴에 품고 있는 것을 보자 요제페에게 여러 가지로
호의를 보이며 자기 옆으로 끌어앉혔다. 어깨에 상처를
입고 있던 그의 장인인 돈 페드로도 그녀를 보고 정답
게 머리를 끄덕거렸다. 루쉐라와 요제페의 가슴속에는
여러 가지로 이상한 생각이 떠올랐다. 그렇게까지 친숙
한 호의로 영접을 받게 되자, 그들은 형장이나 형무소
의 종소리 같은 지나간 여러 가지 일에 대해서 어떻게
생각해야 좋을지 알 수가 없었다. 그들은 그저 꿈을 꾸
었는지도 모른다.

그 무시무시한 재난을 겪은 다음부터 사람들의 감정
이 서로 융화된 것처럼 생각되었다. 그들의 기억은 재
난이 일어나기 이전 일은 떠올릴 수가 없었다. 그저 그
전날 아침에 처형의 행렬을 구경하자는 친구의 권고를
받았지만, 거절을 한 돈나 엘리자베스만은 가끔 몽상에
잠긴 듯한 시선으로 조용히 요제페를 바라보고 있었다.
그러나 무시무시한 새로운 어떤 재난이 일어났다는 이
야기를 들으면, 좀처럼 현실에서 벗어날 수 없는 그녀
의 추억은 다시 현실로 되돌아오고 말았다.

바로 처음에 강한 지진이 있은 다음, 남자들의 눈앞
에서 어린애를 분만한 여자가 많았다는 이야기였다. 그
리고 십자가를 손에 든 승려들이 시내를 돌아다니며,
세계의 종말이 다가왔다고 외치기도 했다. 그리고 어떤

수위가 부왕의 명령을 받고 어느 교회 안에 있는 사람
들을 몰아내려고 하자, 사람들은 칠레에는 이미 부왕
같은 것은 없다고 말했다. 무서운 지진이 한창 일어났
을 때 부왕은 도둑을 막기 위해서 교수대를 마련하기도
했지만, 아무 죄도 없는 사람이 난을 피하기 위해 타오
르는 집에서 나와 뒷문으로 빠져나가려고 하다가 그만
너무 성급한 주인에게 붙잡혀서 당장에 목을 졸리고 말
았다는 것이다.

　상처를 입고 요제페의 간호를 받고 있던 엘뷔레는 사
람들이 한창 이야기 꽃을 피우고 있는 동안 잠시 기회
를 틈타서 무서운 그날 어떻게 지냈느냐고 요제페에게
물었다. 그녀가 답답한 마음으로 그날 일어난 중요한
일을 몇 가지 말하자, 부인의 눈에 눈물이 어리는 것을
보고 그녀는 안심했다. 그러자 엘뷔레는 요제페의 손을
그러쥐면서 그 이상 더 말하지 말라고 눈짓을 했다.

　요제페는 축복을 받은 사람들 사이에 끼어 있는 것같
이 생각되었다. 그렇게 엄청난 불행이 생겼지만, 그 전
날은 천우신조로 하느님의 은혜를 받은 날이라고 요제
페는 생각하지 않을 수 없었다. 사실 이 세상의 모든
사람들의 재산이 없어지고, 자연 전체가 뒤엎히는 것
같이 생각되었던 그 무서운 순간에도 그저 인간의 영혼
만은 마치 아름다운 꽃처럼 피어나는 것같이 보였다.

눈앞에 보이는 넓디 넓은 들에는 영주나 거지, 귀부인이나 농부의 아낙네, 고관, 품팔이꾼, 승려, 수녀 등 계급에 조금도 차이가 없이 서로 뒤섞여서 누워 있었다. 서로 동정을 하고 서로 도우며, 생명을 부지하기 위해서 얻은 물건은 뭐든지 기꺼이 서로 나누며, 누구나 다 겪은 재난으로 말미암아 그 재난을 피한 사람들은 모두 한 가족이 된 것처럼 생각되었다.

그리고 전에 같으면 세상사가 화가 되었던 그런 쓸데없는 일상 다반사에 대한 이야기 대신에 사람들은 비범한 행동의 본보기를 들어 가며 말을 나누었다. 또 전에 같으면 사회에서 별로 주목을 끌지 못하던 사람들이 로마 사람과 같이 위대성을 보이기도 했고, 대담한 태도와 위험을 기꺼이 대하는 태도, 자기를 돌보지 않고 희생적이며 조금 있으면 다시 찾을 수 있는 아무 가치도 없는 물건처럼 생명을 초개같이 던지는 그런 여러 가지 예를 들어서 말하기도 했다. 사실 그날은 누구나 어떤 감격을 느끼지 않은 사람이 없었고, 뭐든지 스스로 대담한 일을 하지 않은 사람이 없는 것 같았다. 괴로워하는 모든 사람들의 가슴속에는 많은 기쁨이 뒤섞여 있었기 때문에, 그녀는 일반 사람들의 행복은 경중을 가릴 수 없는 것이라고 생각하였다.

두 사람은 조용히 아무 말도 없이 이러한 여러 가지

생각에 한참 동안 잠겼다가 루줴라는 요제페의 팔을 잡고 뭐라고 말할 수 없는 명랑한 기분으로 석류나무의 그늘진 잎 사이를 헤치고 이리저리 거닐었다. 사람들의 감정이 그러한 기분을 느끼며 사태가 그렇게 달라지자, 루줴라는 그녀에게 유럽으로 건너가려는 결심을 포기하자고 말했다. 다행히도 그때까지 부왕은 그의 일에 대해서는 호의를 보여 주었으니까, 만일 부왕이 아직 살아 있으면 그에게 동정을 구해 볼 생각을 하기도 했다. 그리고 그는—요제페에게 키스를 하고—그녀와 같이 칠레에 머무를 가망이 없는 것도 아니었다.

요제페는 자기 마음속에도 같은 생각이 떠오른다고 대답했다. 그리고 그녀의 아버지가 살아 있기만 하면 아버지와 화의를 할 수 있는 것도 의심할 여지가 없고, 부왕에게 직접 동정을 구하느니보다 일단 라 콘셉시온으로 가서 부왕에게 편지를 보내 용서를 구하고 싶으며, 거기서는 무슨 일이 있더라도 항구가 가깝기 때문에 다행히 일이 잘 되면 산티아고로 돌아갈 수도 있다고 말했다. 잠시 생각에 잠겨 있던 루줴라도 그녀의 현명한 방법에 찬성을 했다. 그리고 앞날의 즐거운 순간을 꿈꾸면서 얼마 동안 산길을 이리저리 거닐다가, 그는 그녀와 같이 일행이 있는 데로 다시 돌아왔다.

그러는 동안 오후가 다가왔다. 그리고 지진이 끝났기 때문에 들끓는 피난민들이 겨우 마음의 안정을 되찾자, 어느덧 다음과 같은 소문이 퍼지게 되었다. 지진의 피해를 받지 않은 유일한 장소인 도미니크 성당에서는 원장이 직접 앞날의 불행을 막기 위해서 하느님께 엄숙한 미사를 올리고 있다는 것이다. 백성들은 방방곡곡에서 모여들어 물밀 듯이 시중으로 밀려들었다. 페르난도의 가족들 사이에서도 이 의식에 가담을 하느냐, 일반 대중 속에 섞여야 하느냐 하는 문제가 생겼다. 돈나 엘리자베스는 가슴이 약간 답답해 오는 것을 느끼며 그 전날 성당에서 어떤 불상사가 일어났을지를 머릿속으로 더듬어 보았다.

그리고 그러한 감사의 축제는 다시 반복될 것이며, 그렇게 되면 위험한 시기는 이미 다 지나간 것이나 다름이 없기 때문에 더욱 명랑하고 조용한 기분에 잠길 수 있으리라는 것을 머릿속으로 더듬어 보았다.

그러나 요제페는 곧 자리에서 일어나 조금 흥분한 표정을 띠며, 하느님의 고귀하고 이해할 수 없는 힘이 나타난 그때보다 더 심하게 조물주 앞에 머리를 숙이고 싶은 충동을 느껴 본 적이 없다고 말했다. 엘뷔레도 요제페의 의견에 열렬히 찬동하고 미사에 참여할 것을 주장하며, 페르난도에게 모든 사람들을 데리고 가도록 서

둘렀기 때문에 거기 있던 사람들은 엘리자베스까지 모두 자리에서 일어났다.

그러나 엘리자베스가 몹시 설레는 가슴으로 떠날 준비를 하지 않고 망설이고 있자,

"어디가 편치 않아요?"

하고 질문을 했다.

"모르긴 하지만 어떤 불길한 예감이 들어서……."

라고 대답했기 때문에 엘뷔레는 그녀의 마음을 안정시키며, 그러면 자기와 함께 몸이 불편한 아버지 옆에 머물러 있자고 권했다.

그러자 요제페는,

"그러면 엘리자베스 씨, 미안하지만 이 어린애를 좀 봐 줘요. 어느 사이에 또 제 품에 안겨 있군요."

하고 말했다.

"그러지요."

돈나 엘리자베스는 대답을 하고 어린애를 받으려고 했지만, 어린애는 자기에 대한 못마땅한 처사에 대해서 가엾게도 울어젖히며 요제페의 품에서 떨어지려고 하지 않았다. 요제페는 부드럽게 미소를 지으며 그러면 데리고 가겠다고 말하고는 아기에게 다시 가볍게 키스를 하며 달랬다.

그러자 페르난도는 요제페의 점잖고 우아한 태도가

마음에 들어서 그녀에게 팔을 내밀었다. 그리고 어린
필립을 안고 있던 루줴라는 돈나 콘스탄체를 인도했다.

그리고 그 가족들과 같이 있던 다른 사람들도 그 뒤
를 따랐다. 일행은 이러한 순서로 거리를 향해서 떠났
다. 그러나 그들이 50보쯤 걸어갔을까 말까 할 때까지
엘뷔레와 소곤거리며 신나게 이야기를 주고받던 엘리자
베스가 페르난도의 이름을 부르며, 발걸음을 재촉해 일
행의 뒤를 급히 따라오는 것이 보였다.

페르난도는 발길을 멈추고 돌아서며, 요제페와 팔을
낀 채 그녀를 기다리고 있었다. 그러나 엘리자베스는
그가 자기한테로 돌아오기를 기다리기나 하는 듯이 조
금 거리를 두고 서 있었기 때문에 그는 왜 그러고 서
있느냐고 물었다.

그러자 엘리자베스는 내키지 않는 발걸음으로 그에게
가까이 왔지만 요제페한테는 들리지 않을 정도로 뭔지
를 그의 귀에 대고 몇 마디 속삭였다.

그러자 페르난도는,

"그래, 이렇게 한다고 불행한 일이 생긴단 말이야?"
하고 물었다. 엘리자베스는 당황한 표정을 지으며, 그
의 귀에 대고 계속해서 소곤거렸다. 그러자 페르난도는
불쾌한 듯이 얼굴을 붉히고 말았다.

"괜찮아, 당신도 마음을 진정해요."

하고 말하며, 그는 자기가 데리고 가던 요제페의 손을
이끌며 앞으로 걸어갔다.

그들이 도미니크 성당에 도착했을 때 이미 장엄한 오
르간 소리가 들리며, 성당 안에는 헤아릴 수 없이 많은
사람들이 들끓고 있었다. 군중들은 현관문 앞에서부터
멀리 앞뜰에까지 연이어 늘어서 있었다. 그리고 높은
벽에 걸려 있는 그림 액자에는 소년들이 매달려서 긴장
한 표정으로 모자를 손에 들고 있었다. 모든 샹들리에
에서는 불빛이 흘러내리고 기둥은 모두 다가오는 황혼
이 짙어가는 가운데 신비스러운 그림자를 던지고 있었
다. 색유리로 만든 큼직한 장미꽃은 성당으로 들어가는
한 쪽 구석에 놓인 채 저녁 햇살을 받으며, 마치 태양
처럼 빛나고 있었다.

그리고 오르간 소리가 끝나자, 모여 있던 사람들은
모두 아무 소리도 내면 안될 것 같은 정적에 휩싸였다.
오늘 산티아고의 도미니크 성당에서 하늘 높이 치솟은
불길처럼 열렬한 것은 아마 어느 성당에서도 본 적이
없을 것이다. 그리고 루췌라와 요제페만큼 열렬한 마음
으로 하늘에 감사의 뜻을 표한 사람도 없을 것이다.

드디어 예복을 입은 한 늙은 승정이 단에 올라가서
설교를 하면서부터 의식은 시작되었다. 처음에 그는 예
복으로 풍성하게 감싸여 있는 두 손을 하늘 높이 쳐들

며, 지진으로 폐허가 된 이 땅에도 아직 사람들이 살아
남아서 신에게 기도를 올릴 수 있는 데 대해서 찬양하
며 감사의 뜻을 표했다.

그리고 그는 전능하신 하느님의 눈짓으로 세계 최후
의 심판보다도 더 무시무시한 일이 일어났고, 성당 건
물이 갈라진 것을 가리키면서 모르긴 하지만 어제 일어
난 지진은 그 징조에 지나지 않을는지도 모른다고 말하
자, 그 자리에 모인 사람들은 누구나 온몸이 오싹하는
것을 느꼈다.

그러자 그는 승려다운 유창한 구변으로 그 도시의 퇴
폐한 풍기에 대해서 말하며, 소돔과 고모라에서도 찾아
볼 수 없을 정도의 잔학한 행동이 벌어지고 있는 이 도
시를 책하며, 그럼에도 불구하고 그들이 아직 지진으로
전멸당하지 않은 것은 무엇보다 한없이 관대한 하느님
의 은총이라고 말했다.

그러나 승려가 이것을 기회로 칼멜파의 수녀들이 있
는 성당 뜰에서 있었던 죄악에 대해서 상세하게 말하
고, 그러한 죄악이 이 세상에서 허용되는 것은 그야말
로 신을 모독하는 것이나 다름없다고 말했다. 또한 저
주에 가득 찬 어조로 두 사람의 이름을 분명하게 부르
며 그러한 죄인의 넋은 염라대왕에게 넘겨 버리라고 소
리소리 외치자 그렇지 않아도 조금 전의 설교로 가슴이

찢어지는 것 같았던 루췌라와 요제페는 그저 비수로 가슴을 찔린 듯한 느낌이었다.

루췌라의 팔에 몸을 기대고 떨고 있던 콘스탄체는,

"페르난도 씨."

하고 소리쳤다.

그러나 페르난도는 마치 그 두 남녀가 서로 결혼이라도 한 듯이 힘을 주며 남이 듣지 못하도록,

"아무 말도 말고 눈알을 움직여서도 안 돼, 그리고 기절하는 척해. 그러면 우리는 밖으로 나갈 수 있으니까."

하고 대답했다.

그러나 콘스탄체가 빠져나갈 수 있는 그 묘책을 실천에 옮기기도 전에 이미 커다란 소리로 누가 승려의 설교를 가로막으며,

"산티아고의 시민 여러분, 조금만 비키시오. 여기 바로 그 죄인들이 있소!"

하고 외쳤다.

그 소리에 놀란 다른 사람들이 그 두 사람 주위를 빙둘러서는 동안 또 다른 목소리가,

"어디 있느냐?"

하고 외쳤다.

"여기 있다!"

라고 세번째 사람이 대답을 하고는 천지가 공노할 잔인

무도한 태도로 요제페의 머리채를 후려 잡았기 때문에,
만일 페르난도가 그녀를 붙잡지 않았더라면 그녀는 페
르난도의 아이를 안은 채 그대로 땅에 쓰러졌을 것이
다.

"너희들 미쳤어!"
하고 외치며, 페르난도는 요제페의 몸을 끌어안았다.

"나는 너희들도 아다시피 이 도시 총독의 아들인 돈
페르난도 오르메츠다."

"돈 페르난도 오르메츠라고?"
하며 바로 그의 눈앞에 서 있던 구둣방 사내가 외쳤다.
그 남자는 전에 요제페의 구두를 만든 적이 있었으며,
그녀의 발이 매우 작다는 것을 알 만큼 그녀를 잘 알고
있었다. 그는 끈덕지게 반항하는 태도를 보이고 아스테
론의 딸한테로 몸을 돌리며,

"여기 이 애의 애비는 누구냐?"
하고 외쳤다.

이렇게 묻자 페르난도의 얼굴은 파랗게 질려 버리고
말았다. 그는 수줍은 듯이 루줴라를 보기도 하고, 자기
를 아는 사람이 있지 않나 해서 군중을 살펴보기도 했
다. 사태가 그렇게 놀랍게 되자 요제페도 하는 수 없이,

"당신이 생각하듯이 이 애는 내 애가 아니오. 페드릴
로 아저씨."

그녀는 한없이 불안한 기분으로 페르난도를 바라보며,

"여기 있는 이 젊은 양반은 돈 페르난도 오르메츠 씨이며, 당신들도 누구나 다 알고 있는 이 도시 총독의 아드님이시다."

그러자 구둣방 사내는,

"시민 여러분, 이 청년을 아는 사람은 없소?"

하고 물었다.

주위에 모여 있던 몇몇 친구가,

"예로니모 루췌라를 아는 사람은 누구냐?"

하고 다시 외쳤다.

"그 사람은 이리 나와요."

바로 그 순간 페르난도의 아들인 판이 떠드는 소리에 잠이 깨어서 요제페의 품에서 아버지인 페르난도의 품으로 가려고 보챘다.

그러자,

"저게 아비다!"

하고 어떤 목소리가 외쳤다.

"저게 루췌라라는 자식이다!"

하고 다른 목소리가 소리를 질렀다.

"저들이 신을 모독한 작자들이다!"

하고 세번째 목소리가 소리쳤다.

그러자,

"돌로 때려라, 때려 죽여라!"

하고 성당에 모여 있던 신자들이 모두 외쳤다.

그러자 그때 루췌라가,

"잠깐만, 이 잔인한 인간들아. 예로니모 루췌라가 필요하다면, 그는 바로 나다. 아무 죄도 없는 저 사람은 내버려 둬!"

하고 소리를 질렀다.

성난 무리들은 루췌라의 말에 어리둥절해서, 그만 주춤하고 말았다. 곧 몇몇 사람의 손이 돈 페르난도를 놓아 주었다. 그리고 바로 그때 어떤 고급 해군 장교가 급히 달려와서 술렁거리는 인파를 헤치고,

"페르난도 오르메츠 군, 대체 어찌된 일인가?"

하고 물었다.

그러자 페르난도는 그들 손에서 완전히 벗어나서 정말 굳세고 침착한 태도로,

"그래 저것 좀 보시오, 오노레아 군, 저 살인마들을. 만일 용감한 이분이 예로니모 루췌라라고 하면서 날뛰는 대중을 진정시키지 않았더라면, 저는 이미 죽었을 겁니다. 여기 있는 젊은 부인과 아울러 쌍방의 신변 안전을 위해서 그를 체포하시오. 그리고 여기 있는 이 비열한 자식도."

하고 그는 구둣방 주인 페드릴로의 손을 붙잡고,

"그 자식은 소동을 일으킨 장본인이오."

하고 말했다.

그러자 구둣방 주인은,

"알론초 오노레아, 그대의 양심에 따라서 묻겠는데, 이 처녀가 요제페 아스테론이 아닌가?"

하고 외쳤다.

오노레아는 요제페를 너무나 잘 알고 있었기 때문에 대답을 주저하자 분노의 불길은 다시 일어나고, 몇 사람의 목소리가,

"그년이다. 그년이야, 그년을 죽여라!"

하고 외쳤다.

그러자 요제페는 그때까지 루쮀라가 안고 있던 어린 필립을 어린 판과 함께 페르난도의 품에 안겨 주며,

"가십시다, 페르난도 씨. 우리 일은 운명에 맡기고 당신의 두 어린애를 구하십시오."

하고 말했다.

페르난도는 아이들을 받아 들고 자기 일행에게 무슨 해가 돌아오는 것을 묵인할 바엔 죽어 버리는 편이 낫겠다고 말하며, 해군 장교의 검을 빼앗아 요제페에게 팔을 내밀며 뒤에 남은 루쮀라와 콘스탄체에게 자기 뒤를 따르라고 권했다. 사람들은 그러한 처사에 충분한

경의를 표하며 길을 비켜 주었다. 이렇게 하여 그들은 교회에서 빠져나올 수 있었으며, 이제는 살았구나 하는 생각을 하게 되었다. 그러나 그들이 역시 사람들이 가득 모여 있는 앞뜰로 내려오자마자, 그들 뒤를 따라오며 미친 듯이 날뛰는 대중 속에서 어떤 목소리가,

"이 자식이 예로니모 루줴라다. 내가 그의 친아비니까."

라고 소리쳤다.

그리고 콘스탄체 옆에 있는 그를 무시무시한 곤봉으로 때려 눕혔다.

그러자 콘스탄체는,

"이게 무슨 짓이야!"

하고 외치며, 자기 형부한테로 도망을 쳤다.

그러나 그 순간,

"이 악마 같은 년!"

하는 소리와 함께 두번째 곤봉이 다른 쪽에서 날아오더니 그녀를 루줴라 옆에 때려 눕혔고 그녀는 얼마 지나지 않아 숨을 거두고 말았다.

"이게 무슨 일인가. 이 사람은 돈나 콘스탄체 자레스였는데."

하고 누군가가 외치자 구둣방 주인은,

"왜 우리를 속였지. 진짜 그년을 찾아서 죽여 버려

라!"
하고 대답했다.

콘스탄체의 시체를 보자 페르난도는 화가 나서 어쩔 줄 몰라 칼을 빼 들고 마구 휘두르며, 잔인한 참사의 장본인인 광란하는 살인귀한테로 달려들었다. 만일 그가 몸을 돌리며 미친 듯이 내려치는 칼날을 피하지 않았더라면, 그의 몸은 두 조각으로 갈라지고 말았을 것이다.

그러나 페르난도가 몰려드는 대중을 제어하기가 어려워지자 요제페는,

"안녕히, 페르난도 씨. 어린애들과 함께 안녕!"
하고 외쳤다. 그리고 잠시 후,

"피에 굶주린 짐승 같은 녀석들아, 자 나를 죽여다오!"
라고 말하면서, 싸움의 종말을 짓기 위해 자진해서 광란하는 무리 속으로 뛰어들었다.

구둣방 주인인 페드릴로는 그녀를 곤봉으로 때려 눕혔다. 그리고 그녀의 피를 온몸에 뒤집어쓴 채,

"저년과 함께 저 사생아도 지옥으로 보내라."
하고 외치며, 피에 굶주린 듯 살기 등등해서 다시 앞으로 나아갔다.

신성한 영웅인 페르난도는 그때 교회에 등을 기대고

서서 왼손에 아이들을 안고, 오른손에는 칼을 들고 있었다. 칼을 내려칠 때마다 그는 한 놈씩 번개같이 때려 눕혔다. 아무리 사자라도 그보다 더 잘 막아낼 수는 없을 것이다. 피에 물든 일곱 명의 오랑캐 같은 시체가 그의 발부리 앞에 쓰러져 있었다. 악마의 무리들의 두목도 상처를 입었다.

그러나 구둣방 주인 페드릴로는 좀처럼 굴하지 않고 페르난도의 품에서 한 어린애의 다리를 붙잡아 빼앗아서, 높이 들고 빙빙 돌리다가 그만 교회 기둥 모서리에 부딪혀서 가루를 만들고 말았다. 그러자 사방이 고요해지더니 모두 산산이 흩어지고 말았다.

페르난도는 자기의 어린 아들인 판이 머리가 터져서 골이 삐어져 나온 채 자기 앞에 쓰러져 있는 것을 보았을 때, 뭐라고 말할 수 없이 괴로운 나머지 그저 하늘을 우러러볼 뿐이었다. 해군 장교가 다시 그의 옆에 나타나서, 여러 가지 사정이 있었겠지만 이러한 불행을 겪으면서도 자기가 전혀 손을 쓰지 못한 것이 후회가 된다고 그를 위로했다.

그러나 페르난도는 그에게 책임을 돌릴 이유는 없다고 말하고, 그저 시체를 치우는 것을 도와 달라고 부탁했다.

다가오는 밤의 어둠 속에 시체는 돈 알론초의 집으로

운반되었다. 그 뒤에는 어린 필립을 안은 페르난도가
아이의 얼굴에 한없이 눈물을 흘리며 뒤따르고 있었다.

그는 그날 밤을 알론초의 집에서 지새우고, 허위로
꾸며서 자기 부인에게는 그 불행한 일의 전말에 대해
오랫동안 말하기를 주저했다. 한편으로는 그녀의 몸이
불편했기 때문이고, 다른 한편으로는 그녀가 이 사건에
대한 자기 태도에 대해 어떻게 생각할는지 알 수 없었
기 때문이다. 그러나 얼마 후에 어떤 손님을 통해서 우
연하게도 사건의 전모가 드러나게 되었다. 현명한 그
부인은 어머니로서의 괴로움을 남 몰래 눈물로 달래고
는 어느 날 아침, 눈물을 글썽거리며 남편의 목에 키스
를 해 주었다. 페르난도와 엘뷔레는 여기서 이 어린 고
아를 양자로 맞아들였다.

페르난도는 필립을 판과 비교해 보기도 하면서, 그가
두 아이를 얻었을 때의 모든 일들을 생각하면 도리어
그에게는 지금이 더 낫다고 생각되기도 했다.

△ 후작 부인

⭕ 후작 부인

―무대는 북쪽에서 남쪽으로 이동하는 사실에 입각해서.

이탈리아 북부에 있는 유명한 도시 M 시에서 명망이 높은 부인이며, 얌전한 몇몇 아이들의 어머니인 O 후작의 미망인이 신문에 다음과 같은 사연을 알린 적이 있었다.

'저는 뜻하지 않게 모든 사정이 달라졌습니다. 제가 낳을 아이의 아버지는 계신 거처를 알려 주십시오. 저는 가정의 여러 가지 형편을 고려해서 당신과 결혼할 결심을 했습니다.'

어쩔 수 없는 여러 가지 사정에 쫓겨 그렇게 특이하고 세상의 웃음거리가 될 수 있는 방법을 택하게 된 부인은 M 시의 요새 사령관인 G 씨의 딸이었다. 그녀는 약 3년 전에 가정 일 때문에 파리로 떠났던 여행길에서 자기가 가장 아끼고 사랑했던 남편 O 후작을 잃게 되었다. 남편이 세상을 떠난 다음, 그녀는 점잖은 어머니인 G 부인의 간청에 따라서 그때까지 살고 있던 V 지방에 있는 별장을 떠나 두 아이들을 데리고 사령관 관사에 있는 친정아버지 곁으로 돌아왔다.

여기서 그 다음 몇 해 동안 그녀는 예술, 독서, 아이들 교육, 그리고 양친의 부양에 힘을 기울이면서 집안 살림도 게을리하지 않으며 세월을 보냈다. 그러다가 ××전쟁이 터지자 갑자기 그 지방 일대에는 거의 모든 강국과 러시아의 군대까지 득실거리게 되었다.

그 지역을 수비하라는 명령을 받은 G 대령은 자기 아내와 딸에게 V 지방에 있는 딸의 농장이나 그렇지 않으면 아들의 농장으로 피란을 가라고 권했다. 여기 있으면 요새 안에서 어려움을 당하게 될 것이고, 그렇다면 평지에서도 그만큼 무서운 처지에 놓이게 되리라는 생각에 한참 저울질을 했다. 그러나 결정을 내리기도 전에 요새는 어느덧 포위를 당하고 항복하라는 위협을 받게 되었다. 그러자 대령은 가족에게 자기는 가족이 없는 것으로 생각하고 모든 행동을 취하겠다고 알리고는 적군에게 총탄과 포탄으로 응수했다. 적군은 적군대로 요새에 포격을 가하고, 화약고를 불살라 버렸다. 외

곽 지대를 점령하고 나서 재차 권고를 했지만 사령관이
항복하는 것을 주저하자 적은 야간 습격을 감행하며 돌
격해서 요새를 점령해 버리고 말았다.

심한 유탄 포격의 엄호를 받으며 외부에서 러시아군
이 밀려들어 온 바로 그때, 사령관 관사의 왼쪽 측면에
서 불이 나자 부인들은 어쩔 수 없이 그곳을 떠나야만
했다. 대령 부인은 아이들을 데리고 계단으로 도망치고
있던 딸의 뒤를 따라 급히 달려가면서,

"흩어지면 안 돼. 모두 밑에 있는 토굴 속으로 피해!"
하고 외쳤다.

그러나 그 순간 집 안에서 유탄이 터졌기 때문에 안
에 있던 사람들은 완전히 혼란에 빠져 버리고 말았다.
후작 부인은 두 아이들을 데리고 성 앞뜰로 나갔지만,
전투는 이미 고비에 접어들면서 총알은 어둠 속을 뚫고
번쩍거렸기 때문에 방향을 잃어버린 그녀는 다시 타오
르는 집 안으로 쫓기고 말았다.

그녀는 불행하게도 뒷문으로 나가려는 순간 적의 저
격 부대와 마주쳤다. 부인을 만난 병사들은 총을 어깨
에 걸치고 불쾌한 태도를 취하며 그녀를 끌고 갔다. 후
작 부인은 뒤섞여서 싸우고 있는 무시무시한 병사들에
게 이리 끌리고 저리 끌리면서, 뒷문으로 빠져나가려는
하녀들에게 떨리는 몸으로 살려 달라고 외쳤지만 아무

소용도 없었다. 성의 뒷문으로 끌려간 후작 부인이 온 갖 수치스러운 학대를 받으며 땅에 쓰러지자, 바로 그 때 도움을 구하는 부인의 비명 소리를 듣고 러시아군 장교 한 사람이 나타나더니 그러한 먹이에 욕심을 내는 군견들을 사납게 칼을 휘둘러 쫓아 버리고 말았다. 부 인에게는 그 장교가 마치 천사 같았다. 그리고 그는 이 어 아직 부인의 날씬한 허리를 끌어안고 있던 짐승 같 은 최후의 살인마의 얼굴을 칼로 찔렀다. 그러자 그 녀 석은 입에서 피를 토하며 비칠거리다가 쓰러지고 말았 다.

그러자 장교는 겨우 프랑스어로 말을 건넸다. 그러나 이러한 끔찍한 장면을 보고 입도 뻥끗 하지 못하는 부 인에게 팔을 내민 장교는 부인을 데리고 그때까지 불길 이 미치지 않은 성 다른 쪽으로 갔지만, 거기서 그녀는 완전히 의식을 잃은 채 땅에 쓰러졌다.

잠시 후 놀란 그녀의 하녀들이 나타나자, 그는 의사 를 부르도록 채비를 갖추어 놓고 모자를 쓰면서 부인은 곧 회복될 것이라고 자신있게 말하고는 다시 싸움터로 돌아갔다.

그곳은 순식간에 완전히 점령당하고 말았다. 극심한 공격을 받으며, 겨우 목숨을 부지하고 있던 사령관은 죽을 힘을 다하여 겨우 관사 현관으로 되돌아갔다. 그 순간 매우 상기된 얼굴의 러시아군 장교가 집 안에서 나오며 그에게 항복하라고 외쳤다. 그러자 사령관은 그러한 권고만을 기다리고 있었다고 대답하고, 자기 칼을 장교에게 내주며, 성 안으로 들어가서 가족들의 동태를 살펴볼 수 있도록 해달라고 부탁했다.

그가 했던 역할로 봐서 돌격대의 대장같아 보이는 그 러시아군 장교는 파수병을 딸려 보내는 조건으로 사령관에게 마음대로 가도록 허용하고 자기는 급히 분대의 선두에 서서 아직 전투가 채 끝나지 않은 곳으로 돌아가서 끝장을 내고, 요새의 요소 요소에 재빨리 병사를 배치했다. 잠시 후 그는 다시 무기고로 돌아와서 사납게 타오르기 시작한 불길을 막으라고 명령을 내렸지만 좀처럼 자기 명령에 따르려는 자가 없는 것을 보자, 그는 스스로 놀랄 만큼 서두르며 있는 힘을 다해 애를 썼다. 때로는 호스를 손에 들고 타오르는 박공 밑 한가운데를 더듬어 올라가며 물줄기를 잡기도 하고, 때로는 동양 사람처럼 겁을 집어먹으면서도 무기고로 뛰어들어가서 화약통과 화약이 가득 들어 있는 폭탄을 굴려 내오기도 했다.

그 동안에 집 안으로 들어갔던 사령관은 후작 부인이 당한 일을 알게 되자 극도로 당황했다. 러시아군 장교가 조금 전에 말했듯이 의사의 도움을 청하지 않고도 후작 부인은 실신 상태에서 완전히 회복되었고, 자기 가족들이 모두 건재해 있는 것을 보고 매우 기뻐했다. 다만 자기를 위해서 지나치게 염려하는 가족들의 기분을 달래기 위해서 침대에 누워 있지만, 자기는 자리에서 일어나서 자기를 구해 준 사람에게 감사의 뜻을 표하는 것밖에는 아무 소원도 없다는 것을 그에게 확실히 말했다.

그녀는 이미 그가 T 엽기단의 중령이며, 공로 훈장과 그밖에 많은 훈장을 받은 기사인 F 백작이라는 것을 알고 있었다. 그녀는 그가 요새를 떠나기 전에 잠시 동안이라도 성 안에 나타나도록 간청해 보라고 아버지에게 부탁했다. 딸의 기분을 생각한 사령관은 지체없이 보루로 되돌아가서, 백작이 여러 가지 작전상의 지시를 내리며 사방으로 뛰어다니는 바람에 좀처럼 기회를 얻지 못하다가 백작이 패잔병을 점검하고 있는 성벽 위에서 마음을 안정시키지 못하고 있는 자기 딸의 소원을 겨우 전했다.

그러자 백작은 자기가 하던 일의 짬을 내어 후작 부인에게 경의를 표할 수 있는 순간만을 고대하고 있었다고 사령관에게 말했다. 그리고 나서 후작 부인의 상태가 어떠냐고 물으려는 순간 몇몇 장교의 보고에 의해, 그는 다시 전쟁의 소용돌이 속으로 말려들게 되었다.

날이 새자 러시아군의 사령관이 나타나서 보루를 검열했다. 그는 적의 사령관에게 경의를 표하고, 그의 용기도 그 이상 행운의 보호를 받지 못한 데 대해서 유감의 뜻을 표하고, 어디든지 마음대로 가도 좋은 자유를 그에게 부여하겠다고 맹세했다. 사령관은 그에게 진심으로 감사의 뜻을 표하고, 그날 그가 여하간 러시아 사람들, 특히 T 엽기병 부대의 젊은 중령 F 백작에게 많은 신세를 졌다며 인사의 말을 했다.

그러자 러시아군 장군은 무슨 일이 있었느냐고 따져물었다. 그는 사령관의 딸에게 가해진 파렴치한 행동에 대해서 보고를 듣자 매우 화를 냈다. 그리고는 백작을 불러냈다. 우선 백작 자신의 점잖은 태도에 대해서 그에게 간단히 찬사를 표하자, 백작은 완전히 얼굴을 붉히고 말았다. 장군은 러시아 황제 폐하의 이름을 더럽힌 파렴치한 놈들을 총살시킬 생각이니, 그자들이 누구인지 말하라고 백작에게 추궁했다.

백작은 말을 얼버무리면서 반사열이 약한 빛으로는 성 뜰에 있는 그들의 얼굴을 분간할 수 없었기 때문에 그들의 이름은 말할 수 없다고 대꾸했다. 그때 이미 성은 불타고 있었다는 것을 알고 있던 장군은 그 말을 이상스럽게 생각하며, 잘 알고 있는 사람이라면 어두운 밤중에 목소리만으로도 분간할 수 있다고 말했다. 그리

고 백작이 얼굴에 당황한 빛을 띠며 어깨를 들먹였을
때, 장군은 그 사건을 엄중하게 조사하라고 그에게 엄
명을 내렸다.

이때 뒤쪽에 모여 있던 사람들을 헤치고 나온 한 병
사가 F 백작에게, 부상을 입은 악한들 가운데 한 사람
이 복도에 쓰러져 있는 것을 사령관의 부하들이 창고
안으로 끌고 들어갔지만, 아직도 그 안에 있다고 알렸
다. 그러자 장군은 파수병을 시켜서 그 남자를 불러 놓
고 잠시 심문을 하고, 동료들의 이름을 대게 한 다음,
일당 5명을 일제히 총살시키고 말았다.

그것이 끝나자 장군은 소수의 수비병을 남기고 남은
군대는 모두 떠나라고 명령을 내렸다. 그러자 장교들은
제각기 부대로 달려갔다. 백작은 뒤섞여서 급히 사방으
로 흩어지는 사람들 사이를 뚫고 사령관 옆으로 가서,
이러한 상황에서는 어쩔 수 없으니 후작 부인에게 안부
를 전해 달라고 하면서 유감의 뜻을 표했다. 그리고 나
서 한 시간이 채 못 되어 보루 전체에 러시아군의 그림
자는 하나도 보이지 않았다.

그때 가족들은 어떻게 하면 앞으로 백작에게 감사의
뜻을 표할 수 있는 기회를 얻을 수 있을까 하고 생각했
다. 그러나 백작이 보루에서 떠나던 바로 그날, 적군과
의 전투에서 전사했다는 사실을 알게 되자 가족들은 너

무나도 놀랐다. 이 소식을 M 시에 전한 전령은 백작이
흉부에 중상을 입고 P 지역으로 운반되는 것을 자기 눈
으로 보았으며, 정확한 소식통에 의하면 운반자들이 그
를 어깨에서 내려놓으려고 한 바로 그 순간 그는 숨을
거두었다고 말했다. 사령관이 직접 우체국에 가서 이
사건의 자세한 사정을 알아 본 결과, 백작은 전쟁터에
서 총에 맞는 순간,

"율리에타, 이 총알은 네가 받을 벌이다!"

하고 외치고 나서, 그의 입술은 영원히 굳어 버리고 말
았다는 이야기였다.

후작 부인은 백작의 발부리 앞에 몸을 던질 수 있는
기회를 놓치고 말았다는 것을 생각하니 섭섭하기만 했
다. 백작이 성 안에 나타나기를 사양한 것은 겸손한 탓
이겠지만, 그녀는 어째서 자기 스스로 찾아가지 못했던
가를 생각하니 후회가 막심했다. 그리고 죽는 순간에도
그의 염두에서 떠나지 않은 동명이인인 불행한 그 여자
를 불쌍히 여겼다. 그녀는 미지의 여성에게 슬프고 감
격적인 이 사정을 알리기 위해서라도 그녀의 거처를 찾
아 보려고 애썼지만 아무 소용이 없었다. 그의 모습이
그녀의 염두에서 사라지기도 전에 여러 달이 지나고 말
았다.

그때 가족들은 러시아군 사령관에게 양도하기 위해서

사령관 관저를 비우지 않으면 안 되게 되었다. 처음에는 후작 부인이 가장 좋아하는 사령관의 농장으로 가려고 생각하기도 했지만 대령이 시골 생활을 좋아하지 않았기 때문에, 가족들은 시내에 있는 집으로 이사를 하고 영주할 주택으로 그 집을 꾸몄다.

모든 일은 예전 상태로 되돌아갔다. 후작 부인은 오랫동안 중단하고 있던 아이들의 교육을 다시 시작하고, 쉬는 시간을 이용하여 책꽂이와 서적들을 찾아냈다. 바로 그때 예전 같으면 건강의 여신이라고 할 수 있던 그녀가 다시 건강이 나빠져 몇 주일 동안 교제를 할 수 없게 되었다. 그녀는 구토와 현기증과 실신 상태에까지 빠졌으나, 어떻게 해야 그녀가 이렇게 이상한 상태에서 벗어날 수 있을지에 대해서는 아무도 몰랐다.

어느 날 아침 가족들은 차를 마시려고 모여 앉아 있었다. 아버지가 잠시 방에서 나갔을 때, 후작 부인은 오랫동안 방심 상태에서 깨어나면서 자기 어머니에게,

"만일 어떤 여자가 지금 제가 찻잔을 잡고 있을 때와 같은 느낌을 저에게 말하면, 저는 마음속으로 틀림없이 그녀의 몸은 축복받은 상태에 있다고 생각할 거예요."
하고 말했다.

G 부인이 그녀의 말을 이해할 수 없다고 말하자 후작 부인은 바로 두번째 여자애를 임신했을 때와 똑같은

기분이라고 다시 한 번 설명했다.

그러면 환타 주스(낮꿈의 주신)라도 아마 낳을 모양이지 하고 G 부인은 명랑하게 웃으며 말했다.

그러자 부인은 그럼요, 적어도 모르포이스(밤꿈의 주신)나 그의 부하의 꿈에 나타난 한 사람이 뱃속에 든 애의 아버지인지도 모른다고 대답하고 역시 농담을 했다. 그러나 대령이 나타나자 대화는 중단되고, 후작 부인도 며칠 후에 회복되었기 때문에 모든 문제는 다 잊혀졌다.

그 후 멀지 않아서 가족들은 바로 사령관의 아들인 G 산림 서장이 이 집에 있을 때의 일이었지만, 방 안으로 들어온 어느 하인을 통해서 F 백작이 올 것이라는 놀라운 소식을 알게 되었다.

"F 백작이?"
하고 아버지와 딸은 동시에 말했다. 너무나 놀라서 모두 말문이 막혀 버렸다. 하인은 확실히 보고들었으며, 백작께서는 이미 응접실에 서서 기다리고 있다고 딱 잘라서 말했다.

사령관은 벌떡 일어나서 백작을 위해서 스스로 문을 열어 주자, 그는 젊은 신처럼 예쁘고 약간 창백한 얼굴로 방 안으로 들어왔다. 이해할 수 없이 놀라운 장면이 지나고, 사령관이 백작에게 죽은 줄로만 알았다고 말꼬리를 돌리자, 살아 있었다고 대꾸한 백작은 흥분한 얼굴을 후작 부인에게 돌리며 우선 그녀의 건강 상태를 물었다.

그러자 부인은 매우 건강하다고 대답하고는 그가 어떻게 살아나게 되었는지에 대해서 궁금해했다. 그러나 그는 자기가 꺼낸 화제로 말을 돌리며, 후작 부인의 말은 진실되지 못하며, 그녀의 얼굴에는 이상하게도 피로한 빛이 감돌고 있는 것으로 보아 자기 눈에 보이는 사실이 틀림없다면 그녀는 몸이 몹시 불편할 것이라고 했다.

후작 부인은 그가 진심으로 그런 말을 하자 기분을 돌리며,

"그렇습니다. 피로라고 말씀하셨습니다만 그것은 몇 주일 전에 앓은 질병의 여독이라고 생각할 수 있을 거예요. 그 동안 그 질병이 후유증을 남기리라는 염려는 하지 않아요."

라고 말했다.

이 말을 들은 백작은 얼굴이 상기되도록 기뻐하며 그런 일은 없을 거라고 대답하고, 다시 말을 이어 자기와 결혼할 생각은 없느냐고 했다. 후작 부인은 이 제안을 어떻게 받아들이면 좋을지 몰랐다. 그녀는 더욱 얼굴을 붉히며, 어머니를 바라보자, 어머니는 당황한 빛을 띠

며 아들과 아버지를 쳐다보았다. 그러는 동안에 백작은
후작 부인 앞으로 다가서며 마치 키스라도 할 듯이 그
녀의 손을 잡고, 자기 말에 이해가 가느냐고 다시금 물
었다.

그러자 사령관은 자리에 앉으라고 말하고, 다소 진지
하면서도 공손한 태도로 그에게 의자를 권했다.

대령 부인은,

"정말 당신이 P지역에 묻히고 나서, 어떻게 다시 소
생하게 되었는지 그것을 우리에게 솔직히 말씀해 주시
지 않으면, 유령이라고 생각할 수밖에 없어요."

하고 말했다.

백작은 부인의 손을 놓으며 자리에 앉았다. 그리고
여러 가지 사정으로 인해 지극히 간단히 말하겠다고 하
고는 말을 이었다.

"저는 가슴에 치명적인 관통상을 입고, P지역으로 운
반되었지만, 바로 거기서 몇 달 동안 생사를 결정하기
가 어려웠습니다. 그러는 동안에 저의 머리에 떠오르는
것은 오직 후작 부인뿐이었으며, 그러한 생각 속에 뒤
섞인 기쁨과 괴로움은 뭐라고 표현할 수 없을 지경이었
습니다. 나중에 건강이 회복되자 다시 군대에 복귀하였
고, 거기서 심한 불안을 느꼈기 때문에 대령님과 부인
에게 편지를 써서 마음을 털어놓으려고 몇 번이나 붓을

들었습니다. 하지만 갑자기 급보를 들고 나폴리 방면으로 파견되었다고 거기서 콘스탄티노플로 다시 파견될는지도 알 수 없는 일이었으며, 상트 페테르부르크로 가야 할는지도 모르는 일이었습니다. 그러나 저의 이 절실한 요구를 밝히지 않고서는 더 이상 살아갈 수 없었습니다. M 시를 통과하면서 조금이라도 이 목적에 접근하려는 욕망을 거역할 수 없었습니다. 간단히 말해서 저는 부인과 결혼할 소원을 품고 있으며, 삼가 충심으로 절실하게 부탁 드립니다만, 이 점에 대해서 친절하게 대답을 줄 수 없겠습니까?"

라고 말을 끝마쳤다.

사령관은 아무 말도 없이 얼마 동안 시간이 지난 다음에,

"그 청은 물론 의심할 여지도 없이 진지한 생각이며, 마음이 끌리는 이야기이긴 하네. 그러나 내 사위인 O 후작이 세상을 떠났을 때, 사실 내 딸은 재혼을 하지 않을 결심을 했지만, 얼마 전에 당신한테 큰 은혜를 입었기 때문에 희망하는 대로 내 딸의 결심이 변할 수도 있겠지. 그러니까 여하튼 얼마 동안 그녀가 조용히 그 문제에 대해서 생각할 수 있도록 시간을 주기를 바라네."

라고 말했다.

그러자 백작은,

"너무나도 친절하게 설명해 주셔서 정말 감사합니다. 해 주신 말씀이 저의 모든 희망을 만족시키며, 사태가 달라진다고 해도 그것으로서 저는 무한한 행복을 느낍니다. 그래도 안심을 하지 못한다면 그것은 졸렬하게 느껴지지만 좀 더 자세히 말씀 드릴 수 없는 사정이 있어서, 확실한 답변을 들었으면 좋겠습니다. 제가 나폴리로 타고 갈 마차 앞에는 말이 대기하고 있는데, 이 집에 저를 유리하게 해줄 수 있는 사람이 있다면—그때 그는 후작 부인을 눈앞에 그려보았지만—그 문제에 대해서 친절한 답변을 듣지 못한 채 제가 떠나게 하지 말아 주기를 간절히 부탁 드립니다."

라고 말했다.

이 말을 듣고 대령은 조금 당황해하면서,

"내 딸이 자네에게 많은 은혜를 입었었기 때문에 어디까지나 믿어도 좋겠지만, 너무 지나치게 믿어서는 안 되네. 내 딸도 자기의 일생의 행복을 결정하는 마당에 상당히 신중한 태도로 나올 테니까. 무엇보다 필요한 것은 그얘가 자기 심중을 털어놓기 전에, 우선 가까이 대하면서 그얘에게 행복을 느끼게 해주는 일이네. 여하튼 여행이 끝난 다음에 M 시로 돌아와서, 잠시 우리 집에 머물러 주게나. 그리고 나서 그얘가 자네에게서

행복을 느끼게 되면, 그얘도 자네에게 확실한 대답을
할 것이고 그렇지 않으면 조금 어렵겠지."
라고 말했다.

그러자 백작은 얼굴을 붉히며,

"저의 성급한 소망이 이런 운명에 놓이게 되리라고
여행 도중에도 말한 바 있습니다만, 일이 어렵게 된다
면 저는 극도로 고민에 빠지게 될 겁니다. 지금 꼭 해
야 하면서도 불리한 이 역할을 해낼 수 없는 이런 저의
상황에서는 그녀와 더욱 가까이 대하는 것이 유리하겠
지요. 모든 성격 중에서 이중적인 성격이 가장 문제가
된다면, 저는 저의 명예를 위해서라도 보증할 수 있습
니다. 제가 일생 동안 저지른 단 한 가지 불미스러운
행동이 있지만 그것은 세상 사람들이 모르는 일이고,
저도 이미 그것을 청산하려는 중입니다. 한 마디로 말
해서 저는 성실한 인간이며, 제가 이렇게 단언하는 것
을 의심하지 마시고 진실하게 받아 주시기 바랍니다."
하고 말했다.

사령관은 별로 익살을 부리는 것은 아니었지만 가벼
운 미소를 지으며, 자기는 모든 이야기를 보증할 수 있
고 그렇게 짧은 시간 내에 그처럼 성서의 훌륭한 여러
가지 특색을 보여 준 청년은 그때까지 본 적이 없다고
말했다. 자기는 앞으로 잠시 생각할 수 있는 시간의 여

유만 준다면 현재 결정을 내리지 못하고 있는 문제도 해결될 것이라고 믿지만, 자기 가족들과 동시에 백작의 가족과도 상의하기 전에는 그 이상 다른 해답은 있을 수 없으리라고 말했다.

이 말을 들은 백작은 자기는 양친도 없는 자유의 몸이며 자기 아저씨는 K라는 장군으로 자신의 결혼에 틀림없이 동의할 것이라고 말했다. 게다가 자기는 상당한 재산이 있으며, 때에 따라서는 이탈리아로 귀화할 수 있다는 이야기도 덧붙였다.

그러자 사령관은 머리를 숙이며, 자기 의사를 다시 한번 밝히고, 백작이 여행을 끝낼 때까지는 그 문제에 대해서는 이야기하지 말자고 했다.

잠시 아무 말도 없이 매우 불안한 표정을 짓고 있던 백작은 어머니한테로 몸을 돌리고,

"저는 이번 여행을 피하려고 온갖 일을 다 했습니다. 그래서 저의 사령관이나 아저씨인 K 장군에게 취한 수단은 매우 결정적인 것이었지요. 그러나 다른 사람들은 이번 여행을 제가 병석에 누워 있을 때부터 저에게 생긴 우울증을 없앨 수 있는 좋은 기회라고 생각했어요. 그래서 저는 지금 너무나도 괴롭습니다."

하고 말했다.

가족들은 이 말에 대해서 뭐라고 대답을 했으면 좋을

지 몰랐다.

백작은 자기 이마를 쓰다듬으면서 자신의 소원을 이룰 수 있는 어떤 희망이라도 보이면, 여행을 하루나 그 이상이라도 연기할 수 있다고 말했다. 그는 이야기를 마치며 사령관과 후작 부인과 어머니를 차례로 돌아보았다. 사령관은 못마땅한 듯이 시선을 떨어뜨리고 아무 말도 없었다.

그러자 대령 부인은,

"떠나시지요. 떠나세요. 백작, 나폴리로 떠나요. 그리고 돌아오는 대로 여기서 머무르면 좋겠어요. 그러면 문제는 자연히 해결될 테니까요."
하고 말했다.

백작은 잠시 그대로 자리에 앉아서, 어떻게 할까 망설이는 듯했다. 그러더니 그는 자리에서 일어나 의자를 밀어 놓고, 자기가 여기까지 가슴에 품고 온 소원은 너무 성급한 것임을 인정했다. 가족들이 좀더 가까이 교제를 해보라고 고집하는 것도 무리는 아니며, 그래서 급보는 다른 사람을 시켜서 Z 사령부로 되돌려 보내고, 가족들의 후의를 받아들여서 몇 주일 동안 이 집에 머무르겠다고 말했다.

그리고나서 그는 의자에 손을 얹고 벽 옆에 서서 잠시 머뭇거리다가 사령관을 쳐다보았다.

그러자 사령관은,

"내 딸에 대해서 품고 있는 호의를 진지하게 받아들일 수 없어서 참으로 미안하오. 그러나 지금 당신이 어떻게 해야 하는 것쯤은 알아야 하며, 급보는 곧 전하도록 하고 정해 놓은 방으로 옮겨 주기를 바라네."

하고 대답했다.

이 말을 들은 백작은 안색이 변하여 어머니 손에 공손히 키스를 하고, 다른 사람들에게도 인사를 하고 나서 그 자리를 떴다.

그가 방에서 나간 뒤 가족들은 그 일을 어떻게 처리했으면 좋을는지 알 수가 없었다. 어머니는 그가 M 시를 지나가는 길에 잠시 들러서 이야기를 나누고, 알지도 못하는 여자에게 결혼 승낙을 받지 못했기 때문에, 나폴리로 보내야 할 급보를 Z 사령부로 되돌려 보낸다는 것은 있을 수 없는 일이라고 말했다. 산림 서장은 그러한 경솔한 처사는 적어도 감금형을 받게 되리라고 말했다.

"그뿐 아니라 파면이지."

하고 사령관은 덧붙였다.

"그렇다고 염려할 것은 없을 거야. 그것은 엄포에 지나지 않으니까 급보를 돌려보내기 전에 그는 아마 다시 신중하게 생각하겠지."

하고 그는 말을 이었다.

그러나 어머니는 염려라는 말을 듣고 이맛살을 찌푸리며, 그가 급보를 돌려보내지 않을까 해서 몹시 걱정을 했다.

"그렇게 강인하고 외곬로 달리는 성미니까 그런 일쯤 못할 것도 없을 것 같군요."
하고 어머니가 말했다.

어머니는 산림 서장에게 어서 백작의 뒤를 따라가서 그런 불길한 처사를 중지시키도록 간절히 부탁하게 했다.

그러자 서장은 그런 짓을 하면 도리어 역효과가 날는지도 모른다고 대꾸했다. 그저 그것은 그런 술책을 써서 자기 의사를 관철시키려는 백작의 희망을 더욱 굳힐는지 모른다. 후작 부인도 같은 의견이었지만, 그녀는 백작이 아니더라도 급보를 전할 수 있지 않겠느냐고 말했다. 백작으로서는 자기의 약점을 보이느니보다, 차라리 불행을 당하는 편이 낫다고 생각할는지 모른다. 결국 모든 사람들은 백작의 행동은 특이하며, 마치 요새를 돌격해서 함락시키듯 여자의 마음을 사로잡는 데 익숙한 것 같다는 의견의 일치를 보았다.

이때 사령관은 백작의 마차가 떠날 준비를 갖추고 문 앞에서 기다리는 것을 보았다. 그는 가족들을 창문가로

불렀다. 바로 그때 안으로 들어서는 하인을 보고 깜짝
놀라며, 백작이 아직도 집에 있느냐고 물었다.

그러자 하인은,

"백작께서는 밑에 있는 하인 방에서 부관님과 같이
편지를 쓰고 소포를 봉하고 있습니다."

하고 대답했다.

사령관은 어리둥절한 기분을 억제하면서 산림 서장과
급히 밑으로 내려가서, 백작이 그런 일을 하기에 불편
한 책상에서 일을 하고 있는 것을 보자, 사령관은 자기
방으로 오지 않겠느냐, 또는 그밖에 다른 용무는 없느
냐고 물었다.

백작은 계속해서 바삐 붓대를 놀리며,

"고맙습니다. 하지만 거의 다 끝났습니다."

하고 대답했다.

그는 편지를 봉하면서 시간을 묻고, 서류 가방을 그
대로 부관에게 주고 나서 잘 다녀오라고 말했다.

자기 눈을 의심하면서 사령관은 부관이 밖으로 나가
는 것을 보고,

"백작, 별로 중대한 이유가 없으시면……."

하고 말했다.

"중대한 일이지요."

하고 백작은 그의 말을 가로막으며, 부관을 마차로 데

리고 가서 문을 열어 주었다.

"이런 경우에는 적어도 급보를……."

하고 사령관은 말을 이었다.

"그럴 수는 없지요."

하고 백작은 부관을 자리에 태우면서 대답했다.

"급보를 나폴리에 보내도 제가 없으면 소용이 없어
요. 그건 저도 생각했어요. 자 출발!"

"그리고 아저씨의 편지는,"

하고 부관은 마차 문에 몸을 내밀며 외쳤다.

"M 시의 나한테……."

"출발!"

하고 부관은 말하고 마차를 타고 달려갔다.

백작은 사령관 쪽으로 몸을 돌리며,

"제 방을 알려 주시겠습니까?"

하고 물었다.

"제가 직접 안내하지요."

당황한 대령은 얼떨결에 대답하고, 자기 부하와 백작
의 부하들에게 백작의 짐을 운반하라고 명령했다. 그리
고는 자기 집의 손님을 위해서 마련된 방으로 백작을
안내하고, 무표정한 얼굴로 인사를 한 다음 방에서 나
왔다.

백작은 옷을 갈아입고 그 지방 지사에게 인사를 하기

위해 집을 나섰다. 그리고 저녁때까지 얼굴을 보이지 않다가 저녁 식사가 시작되기 조금 전에 겨우 돌아왔다.

그러는 동안 가족들은 불안해하고 있었다. 산림 서장은 백작이 사령관의 몇 가지 이의에 대해서 얼마나 단호한 답변을 했으며, 그의 태도는 어디까지나 충분히 고려한 끝에 취한 것같이 보인다고 말했다. 그리고 그는 도대체 그렇게 급하게 구혼을 하는 원인이 어디 있느냐고 물었다. 사령관은,

"나도 그 점이 이해가 가지 않아."

하고 말하고, 자기가 있는 데서는 그 문제에 대해서 더 이상 말하지 말라고 가족들에게 타일렀다. 어머니는 그가 자신의 경솔한 행동을 후회하며, 사후책을 강구하기 위해서 돌아오지나 않나 해서 항상 창문으로 내다보고 있었다. 마침내 날이 어두워지자, 어머니는 그때까지 탁자 옆에서 열심히 일을 하며, 그런 이야기를 피하는 것같이 보이는 후작 부인 곁에 가서 앉았다. 아버지가 방 안에서 이리저리 거닐고 있는 동안 어머니는 그녀에게 나직한 소리로,

"도대체 이 문제가 어떻게 될 것같니?"

하고 물었다.

그러자 후작 부인은 어물어물 사령관한테로 수줍은

시선을 보내며,

"아버님께서 백작을 나폴리로 떠나도록 하셨더라면 좋았을 걸 그랬어요."

하고 대답했다.

이 말을 들은 사령관은,

"나폴리로!"

하고 외쳤다.

"설교사라도 불러다가 백작을 방에 가두고 감금해서, 그를 나폴리로 호송이라도 해야 한단 말이냐?"

"아니에요."

하고 후작 부인은 당황해하며 대답했다.

"그러나 끝내 한사코 반대를 하시면 되지 않겠어요?"

하고 말하며, 그녀는 조금 불쾌한 듯이 자기가 하던 일에 시선을 떨어뜨렸다.

어두워질 무렵에 드디어 백작이 나타났다. 우선 인사가 끝난 다음에, 그 문제가 화제에 오르면 힘을 합해서 그를 공격하리라, 그리고 가능하면 그가 감히 취하게 된 수단을 다시 취소하게 하리라 하고 모두 대기하고 있었다. 저녁 식사가 계속되는 동안 그런 순간이 오기를 기다렸지만, 아무 소용도 없었다. 일부러 백작은 그 문제에 관련된 이야기는 피하며, 사령관과 전쟁에 대해서만 이야기하고, 산림 서장과는 수렵에 대한 이야기를 했다. 그가 부상을 입게 된 P 지역의 전투에 대해서 이야기가 번지자, 어머니는 그가 앓고 있던 이야기로 그를 끌고 들어가며, 그가 그 자그마한 마을에서 어떻게 지냈으며, 그런 대로 편하게 지냈느냐는 것을 물었다.

그러자 백작은 후작 부인을 사모하는 의미에서 몇 가지 재미있는 이야기를 했다. 그가 병석에 누워 있는 동안 그녀가 항상 침대 옆에 앉아 있었으며, 부상을 하고 신열이 났기 때문에 그는 그녀의 모습을 한 마리의 백조의 모습으로 착각을 하기도 했다며 말을 이었다. 그 백조는 그가 어렸을 때 아저씨 집에서 본 것이며, 무엇보다 인상에 남는 것은 그가 어느 날 백조에게 진흙을 던지자 백조는 조용히 물 속으로 들어가서 깨끗이 몸을 씻고 다시 물 밖으로 나온 일이었다. 그리고 그녀는 언제나 불타는 물결 위에서 헤엄을 치고 돌아다녔으며, 그는 '틴카'라고 불렀다. 그것은 백조의 이름이었다. 그러나 그녀는 즐겁게 헤엄을 치며, 가슴을 쭉 펴고 다녔기 때문에, 그녀를 자기 옆으로 이끌 수가 없었다. 이렇게 말하고 백작은 갑자기 얼굴을 붉히며, 자기는 그녀를 매우 사랑한다고 말하고, 다시 접시 위로 시선을 떨어뜨릴 뿐 아무 말도 없었다.

마침내 사람들은 식탁에서 물러나야만 했다. 백작은 어머니와 짧은 이야기를 나누고 모여 있는 사람들에게 인사를 하고 자기 방으로 들어갔기 때문에 모여 있던 사람들도 그저 그 자리에 서서 어떻게 행동하면 좋을지 몰랐다. 사령관은 그 문제에 대해서는 되는 대로 내버려두지 않을 수 없다고 했다. 이런 방법을 취하면서 그는 아마 자기 친척들을 생각했는지도 모른다. 그렇지 않고서 수치스러운 면직은 피할 수 없을 것 같았다. G부인은 자기 딸에게 백작을 어떻게 생각하며, 불행을 피할 수 있는 말을 해줄 생각은 없느냐고 물었다.

그러자 후작 부인은,

"어머니, 그런 일은 할 수 없어요. 그렇게 가혹한 시련에 대해서 감사를 느껴야 한다는 것은 저로서도 괴로워요. 사실 저는 다시는 결혼을 하지 않을 결심이었으니까요. 저는 행복을 원치 않아요. 그리고 경솔하게 두 번씩이나 행운을 점칠 생각은 없어요."

하고 대답했다.

산림 서장은 이것이 그녀의 어쩔 수 없는 의지라고 한다면, 그를 위해서 그 말을 이용할 수 있으며, 여하튼 분명한 어떤 해명을 그에게 해 주는 것이 어느 정도 필요할 것 같다고 말했다. 대령 부인은 그 젊은 백작이 여러 가지로 훌륭한 성격을 지니고 있으며, 잠시 이탈리아에 머무르고 싶다는 의사를 보이기도 했으니까, 자기 생각에는 그의 결혼 신청을 조금 더 고려해 보고,

후작 부인도 자기 결심을 돌이켜 생각해 볼 필요가 있다고 대답했다. 산림 서장은 후작 부인 곁에 앉아서, 백작의 인품이 마음에 드느냐, 안 드느냐에 대해서 물었다. 부인은 잠시 당황한 빛을 보이더니,

"마음에 들기도 하고 안 들기도 해요."

하고 다른 사람들이 느끼는 것을 예로 인용했다.

대령 부인은,

"만일 백작이 나폴리에서 돌아오고, 그가 없는 동안에 우리가 그에 대해서 입수한 여러 가지 정보가 네가 그에게서 받은 전체적인 인상과 별로 어긋나는 데가 없느데다 그가 돌아와서 다시 결혼을 신청하면, 너는 어떻게 설명하겠니?"

하고 말했다.

"그때에는……."

하고 후작 부인이 대답했다.

"저, 저는…… 사실 백작의 소원이 그렇게 열렬한 것 같으니까, 이 소원을……."

그녀는 말을 더듬었다. 그리고 그런 말을 하는 그녀의 눈은 빛났다.

"은혜를 갚기 위해서 받아들이겠어요."

딸의 재혼을 언제나 바라고 있던 어머니는 이 말을 듣고 기쁨을 숨길 수가 없었으며, 그것이 어떤 결과를

맺게 되리라는 것을 곰곰이 생각해 보았다. 산림 서장은 불안한 듯이 다시 자리에서 일어나며, 만일 후작 부인이 조금이라도 백작의 소원을 풀어줄 생각이 있으면, 그런 과격한 태도가 좋지 못한 결과를 일으키지 않도록 미리 어떤 조치를 취할 필요가 있다고 말했다. 어머니도 찬성이었지만, 아직 요새가 러시아군에게 점령되어 있는 그날밤에 백작이 그만큼 훌륭한 성격을 보인 것을 생각하면 결국 그렇게 된 것이 그저 단순한 모험이라고만 말할 수는 없었다. 그밖에 그의 행동이 그렇게 훌륭한 태도와 부합되지 않으리라는 염려는 할 필요가 없다고 주장했다.

후작 부인은 몹시 불안한 표정을 지으며, 시선을 밑으로 깔았다. 어머니는 딸의 손을 잡으며,

"백작이 나폴리에서 돌아올 때까지 다른 약속은 결코 하지 않겠다는 말 정도는 할 수 있지 않을까?"

하고 물었다.

그러자 후작 부인은,

"어머니, 그 말은 할 수 있어요. 그저 백작이 그것으로 만족을 느끼지 못하고, 도리어 우리가 이야기에 말려들지나 않을까 그것이 걱정이군요."

하고 대답했다.

"그런 일이라면 내가 해 보지."

하고 어머니는 매우 기쁘게 대답하고, 사령관을 돌아보면서,

"여보, 어떻게 생각하세요?"

하고 물었다. 그리고 그녀는 자리에서 일어나려고 했다.

모든 이야기를 다 듣고 있던 사령관은 창문 옆에 서서 거리를 내다보며, 아무 말도 하지 않았다. 산림 서장은 그렇게 온당하게 말해서 백작을 떠나게 하는 일이라면 자기가 맡겠노라고 확언했다.

"그러면 이렇게 하지, 이렇게 해."

하고 아버지가 외쳤다.

"나는 그 러시아 사람에게 벌써 두 번이나 항복을 하는걸."

그러자 어머니는 벌떡 일어나서 자기 남편과 딸에게 키스를 하고, 사령관이 그녀의 부산한 태도에 웃고 있는 동안, 어떻게 하면 그 말을 빨리 백작에게 전할 수 있을까 하고 물었다. 그러나 산림 서장의 제의에 따라서 만일 백작이 아직 파면되지 않았으면, 그에게 잠시 집에 와 달라고 부탁하는 것이 좋겠다는 결론을 내렸다. 그럴 때 마침 백작이 나타났다. 백작은 곧 찾아 뵙게 되어서 영광이라고 말하고, 하인이 그 소식을 듣고 돌아오기가 바쁘게 어느덧 그는 기쁨의 날개를 실은 가

벼운 발걸음으로 방 안에 들어와서 감격한 나머지 몸을 떨면서 후작 부인의 발부리 앞에 몸을 던졌다. 사령관이 뭐라고 말하려고 했을 때 백작이 일어서면서,

"잘 알겠습니다."

하고 대답을 했다.

그리고 그와 어머니의 손에 키스를 하고, 형제를 한 번 힘차게 끌어안은 다음 죄송하지만 곧 떠날 수 있는 마차를 한 대 마련해 줄 수 있겠느냐고 부탁했다. 후작 부인은 그 태도에 감격하면서도,

"여부가 있겠습니까마는 너무 갑자기 떠나실 생각을 하셔서 혹시……."

"아닙니다. 괜찮습니다."

하고 백작이 대답했다.

"저에 대해서 입수한 여러 가지 조사 결과가 만일 저를 이 방으로 불러 주신 그때의 기분과 맞지 않는다면 문제는 달라질 겁니다."

그러자 사령관은 진심으로 그를 끌어안았다. 산림 서장은 즉시 자기 여행마차를 제공하고, 엽기병 한 사람이 우체국으로 달려가서, 특별히 사례를 하며 가장 빠른 말을 주문했다. 이렇게 떠날 때의 기쁨은 그때까지 그를 맞이할 때는 없었던 일이었다.

백작은 급보를 들고 간 사람을 B 지역에서 앞지르고,

이번에는 거기서 M 시를 경유하지 않고 보다 가까운 길을 택하고 싶다고 말했다. 나폴리에서 콘스탄티노플로 가는 것은 될 수 있는 한 거절할 생각이고, 어쩔 수 없는 경우에는 몸이 불편하다고 말할 생각이며, 피할 수 없는 장애에 부딪히지 않는 이상, 그는 4주일이나 6주일 내에 틀림없이 M 시로 다시 돌아올 것이라고 자신 있게 말했다.

그때 엽기병이 마차의 출발 준비가 다 되었음을 알렸다. 백작은 모자를 들고, 후작 부인 앞으로 나아가 그녀의 손을 잡았다.

"그런데,"

하고 그가 입을 열었다.

"율리에타, 이제 저도 조금 안정이 되는군요."

그러자 그녀도 그의 손을 쥐었다.

"제가 떠나기 전에 당신과 결혼하는 것이 저의 소망이었지만……."

"결혼요?"

하고 가족들은 모두 외쳤다.

"네, 그래요."

하고 백작은 되풀이한 다음 후작 부인의 손에 키스를 하고, 그녀가 올바른 정신으로 하는 말이냐고 묻자 그녀가 자기를 이해할 날이 올 것이라고 딱 잘라서 말했다.

가족들은 그에게 화를 내려고 하기도 했지만 백작은 이내 진정으로 가족들과 작별하고, 자기가 남긴 말을 더 이상 생각지 말라고 부탁하면서 먼길을 떠났다.

가족들은 이렇게 특이한 사건이 앞으로 어떻게 진행될 것인가를 생각하며, 온갖 감정에 사로잡혀서 긴장된 가운데 몇 주일이 지났다.

사령관은 백작의 아저씨인 K 장군으로부터 정중하게 쓴 편지 한 장을 받았다. 백작 자신도 나폴리에서 편지를 보냈다. 그에 대한 여러 가지 조사 결과는 그에게 매우 유리한 것이었다. 간단히 말해서 그 약혼은 이미 결정된 것이나 다름이 없는 것으로 생각되었다. 그와 동시에 후작 부인의 신병은 과거 어느 때보다도 더 심해졌다.

그녀는 자기 모습이 이해할 수 없을 정도로 달라진 것을 느꼈다. 그녀는 조금도 숨김없이 그것을 어머니에게 말하고, 그러한 자기 상태를 어떻게 생각하면 좋을지 모르겠다고 상의하기까지 했다. 그렇게 여러 가지 사건으로 딸의 건강을 염려하게 된 어머니는 딸에게 의사의 진단을 받아 보라고 권했다.

그러나 자기 의지로 이겨 내 보려고 마음 먹은 후작 부인은 진단을 거부하고, 어머니의 권고는 받아들이지

도 않은 채 심한 고통 속에서 며칠을 견뎌 냈다. 그러
다가 다시금 반복되는 이상스러운 여러 가지 증세 때문
에 그녀는 심한 불안에 휩싸이게 되었다. 그녀는 아버
지의 신임을 받고 있는 의사를 부르라고 했다. 마침 그
때 어머니가 부재중이어서 별로 내키지 않았으나 그녀
는 의사와 마주앉자 간단한 인사를 마친 다음 농담삼아
자기 몸에 일어나는 증세를 의사에게 털어놓았다.

그러자 의사는 탐지하는 듯한 시선을 그녀에게 던지
며, 면밀한 진단을 끝내고 난 뒤 잠시 아무 말도 없었
다. 그리고 나서 매우 엄숙한 표정으로, 후작 부인의 판
단은 옳은 것이었다고 대답했다.

그것을 어떻게 알 수 있느냐는 부인의 질문에 그는
매우 분명하게 설명하고 나서 억제할 수 없는 웃음을
띠며, 부인은 매우 건강하므로 의사는 필요없다고 말했
다. 그러자 부인은 벨을 울리며 매우 사납게 곁눈질을
하면서 어서 돌아가라고 의사를 재촉했다. 그리고 당신
같은 의사는 필요없다는 듯이 낮은 목소리로 그러한 문
제들에 대해 더이상 불필요한 이야기를 지껄일 생각이
없다고 말했다.

의사는 언짢은 기분으로, 이 다음에라도 그녀가 지금
처럼 쓸데없는 이야기에 흥미가 없었으면 좋겠다고 대
답하면서 지팡이와 모자를 들고 그 자리에서 떠날 준비

를 했다. 후작 부인은 그러한 모욕에 대해서 자기 아버
지에게 알리겠다고 딱 잘라서 말했다.

그러자 의사는 자기 말은 법정에서도 증언할 수 있을
것이라고 대답하고, 문을 열고 가볍게 인사를 하며 그
방을 떠나려고 했다. 그러나 그가 땅에 떨어진 장갑을
주워 올렸을 때 부인은,

"의사 선생님, 그런 일이 있을 수 있을까요?"
하고 물었다. 그러자 의사는,

"그런 문제의 진정한 이유는 당신에게 설명할 필요조
차 없을 겁니다."
라고 대답하고 다시 한 번 인사를 하고 나가 버리고 말
았다.

후작 부인은 벼락을 맞기라도 한 듯이 그 자리에 서
있었다. 그러나 그녀는 정신을 가다듬고 아버지한테로
급히 달려가려고 했다. 그러나 자기가 모욕을 당한 그
의사의 이상하리만큼 진지한 태도를 생각하니 팔 다리
가 마비되는 것 같았다. 그녀는 설레는 가슴을 억제하
면서 안락의자에 몸을 던졌다. 그녀는 자신을 의심하면
서 지나간 세월의 모든 순간을 더듬어 보았다.

그리고 회상의 마지막 순간에 이르자 그녀는 자신을
미쳤다고 생각하기도 했다. 이렇게 멍청하게 생각에 빠
져 있을 때 어머니가 나타났다. 왜 그렇게 불안한 빛을

보이느냐고 어머니가 놀라서 묻자 딸은 어머니에게 의
사가 남긴 말을 모두 이야기했다. 어머니는 그를 염치
도 없는 엉터리라고 말하고, 그 모욕을 아버지에게 말
씀 드려야 한다고 딸의 마음을 북돋워 주었다. 그러자
후작 부인은 그 말은 어디까지나 진지했으며, 의사는
아버지 앞에서도 자기의 미친 수작을 되풀이할 결심이
선 것 같다고 말했다.

　G 부인은 적지 않게 놀라며, 그런 상태의 가능성을
믿을 수 있느냐고 물었다.

　"굴속의 짐승들이 새끼를 배고, 시체의 뱃속에 애가
들면 들었지, 저는 결코 그럴 리가 없어요."
하고 후작 부인은 대답했다.

　"그렇다면 이상하군."
하고 딸을 꼭 껴안아 주면서 대령 부인이 말했다.

　"도대체 왜 그렇게 불안해하지. 네가 의식하지 못하
는 일이라면 어떻게 너를 판단하며, 모든 의사의 진단
이라도 걱정할 것 없지. 의사의 진단이 오진이든 악의
에서 그랬든 조금도 염려할 것 없어. 그러나 아버지에
게는 알리는 것이 좋겠다."

　"그런데……."
하고 후작 부인은 경련이라도 일으킨 듯이 떨면서 말했
다.

"어떻게 하면 마음이 안정될까요? 지금 제 자신의 몸에 일어나는 변화에 대해서 너무나 잘 알고 있는 것 같은 기분을 느끼는 게 아닐까요. 만일 다른 여자와 제가 같은 기분을 느끼고 있다는 것을 알면, 저도 그녀에 대해서 의사의 진단이 옳다는 판단을 내리게 되지 않을까요?"

"큰일났군."

하고 대령 부인이 대답했다.

"악의가 아니면, 오진이지."

하고 후작 부인이 말을 이었다.

"오늘날까지 우리가 믿고 있던 그 의사가 그렇게도 방자하고 비열한 방법으로 저를 모욕하는 이유가 도대체 무엇일까요? 그에게 한 번도 모욕을 준 적이 없는 저를 말입니다. 그를 믿었고, 앞으로도 사의를 표하려는 생각으로 그를 맞이한 저를 말입니다. 그의 첫번 이야기로 알 수 있듯이 순결하고 정직한 마음으로 그저 저를 도와 주기 위해서 왔는데, 병고보다 더 심한 괴로움을 저에게 안겨 줄 이유가 대체 어디 있습니까?"

어머니가 딸을 유심히 바라보고 있는 동안, 딸은 다시 이야기를 계속했다.

"이러나 저러나 한쪽을 택하지 않을 수 없기 때문에 오진이라고 생각해 보지만, 의사인 이상 그렇게 명의는

아니더라도, 어떻게 그런 경우에 오진을 내릴 수 있겠
어요?"

그러자 대령 부인은 조금 비웃는 듯이,

"그런데 역시 그 둘 중에 어느 한쪽임에는 틀림없지."
하고 말했다.

"그렇고말고요."
하고 후작 부인이 대답했다.

"어머니, 틀림없어요!"

후작 부인은 체면을 상해 얼굴을 붉히며, 어머니의
손에 키스를 한 다음 말을 이었다.

"사정이 다르기 때문에 의심을 해보기는 하지만, 이
번에 분명히 말씀 드려 두어야 하겠기 때문에 저는 맹
세하겠어요. 저의 양심은 제 아이의 양심과 마찬가지예
요. 존경하는 어머님, 당신의 양심도 그렇게 순결하지
는 못할 거예요. 그런데 어찌 된 일인지 확실히 알아보
기 위해서 조산원을 불러 주실 수 있을까요. 부탁이에
요. 그러면 여하튼 마음을 놓을 수 있을 테니까요."

"조산원을?"
하고 G 부인은 경멸하는 말투로 외쳤다.

"양심이 깨끗하다면서 조산원은 무슨 조산원이야!"

그 이상 그녀는 말이 없었다.

"그래요, 조산원 말이에요. 어머니."

하고 후작 부인은 어머니 앞에 무릎을 꿇으면서 말을
되풀이했다.

"당장에 말입니다. 저는 미칠 지경이에요."

"그래. 얼마든지."

하고 대령 부인이 대답했다.

"그러나 내 집에서 해산은 안 돼."

이렇게 말하고 어머니는 자리에서 일어나 방에서 나
가려고 했다. 후작 부인은 두 팔을 벌리고 어머니의 뒤
를 따라 가다가 얼굴을 땅에 대고 엎드리며 어머니의
무릎을 끌어안았다.

"만일 죄 없는 생활을 위해서……."

하고 부인은 괴로운 나머지 있는 말재주를 다해서 외쳤
다.

"어머니를 본보기로 해서 살아 온 생활을 위해서 어
머니에게 존경 받을 권리가 저에게 있다면, 역시 저의
죄가 명백하게 드러나지 않는 한, 저에 대한 어머니의
정이 다소라도 어머니 마음속에 남아 있으면, 무서운
이 순간에 저를 이대로 내버리지 마세요."

"네가 그렇게 걱정하는 이유가 뭐냐?"

하고 어머니가 물었다.

"의사가 그렇게 말했기 때문이냐, 아니면 네가 마음
속으로 그렇게 느끼기 때문이냐?"

"그것뿐이에요, 어머니."

하고 후작 부인은 대답하고 자기 손을 가슴에 대었다.

"그것뿐이지, 율리에타."

하고 어머니는 말을 이었다.

"잘 생각해 봐. 잘못이라는 것은 아무리 입에 담을 수 없이 괴로운 것이라고 해도 나중에는 용서를 받게 마련이고, 나로서는 용서하지 않을 수 없는 거야. 그러나 네가 어머니의 꾸중을 피하려고 세상이 뒤집힐 정도의 이야기를 꾸미거나 하느님께 불손한 맹세를 되풀이하거나 해서, 너를 지나칠 정도로 믿고 있는 내 마음에 짐이 되기라도 하면 그때는 끝장이야. 그렇게 되면 나는 너를 결코 용서하지 않을 게다!"

"제 마음을 어머니 앞에 탁 털어놓듯이 구원의 나라가 언제든 제 앞에 활짝 열려 주기만 한다면 얼마나 좋겠어요, 어머니."

하고 후작 부인이 외쳤다.

"저는 어머니에게 아무것도 숨기는 것이 없어요."

감격에 넘치는 이 말에 어머니의 마음은 그만 흔들리고 말았다.

"오오, 하느님이시여!"

하고 어머니는 외쳤다.

"사랑하는 율리에타. 얼마나 훌륭한 말이냐."

　어머니는 딸을 일으켜서 키스를 하고 그녀를 자기 가
슴에 안았다.

　"그러면 대체 무엇이 두려우냐. 이리 오너라. 지금 네
몸이 아주 불편한 모양인데."

　어머니는 딸을 침대로 데리고 가려고 했다. 그러나
후작 부인은 하염없이 눈물을 흘리며 자기는 매우 건강
하며, 그 이상하고 이해할 수 없는 상태 이외에는 아무
데도 불편한 데가 없다고 분명히 말했다.

　"이해할 수 없는 상태?"

하고 어머니가 다시 외쳤다.

　"어떤 상태 말이냐? 지나간 일에 대한 추억이 그렇게
생생하면 왜 그렇게 두려운 생각을 품는 거냐? 희미하
게 느껴지는 마음속의 기분이라는 것은 틀림이 없겠
지?"

　"네, 그래요."

하고 후작 부인이 말했다.

　"그건 틀림없어요. 만일 조산원을 불러 주시면, 놀랍
게도 저를 망치려는 것이 사실이라는 것을 아시게 될
겁니다."

　"이리 오너라, 애야."

하고 G 부인은 말하고, 자기 머리를 염려하기 시작했
다.

"자, 이리 오너라. 나를 따라 와서 자리에 좀 누워라. 의사가 너에게 말한 것을 어떻게 생각하는지, 얼굴이 상기되고 온몸이 떨리는구나. 정말 의사 선생님이 뭐라고 말했지?"

이렇게 말하고 어머니는 후작 부인이 말한 모든 상태를 그 이상 믿을 수 없다는 듯이 그녀를 끌고 밖으로 나갔다.

후작 부인은 눈물이 그렁그렁한 눈에 미소를 지으며,

"어머니, 제 기억이 틀림없어요. 의사는 제가 임신을 했다고 말했어요. 그러니까 조산원을 불러 주세요. 조산원이 그게 사실이 아니라고 말하면 저는 다시 마음을 놓겠어요."

"좋아, 좋구말구."

하고 불안을 억제하고 있던 G 부인이 대답했다.

"곧 부르지. 조산원의 웃음거리가 되고 싶거든 그를 곧 불러 주마. 하지만 조산원은 네가 꿈을 꾸고 있으며, 너를 바보라고 말할 거다."

이렇게 말하고 어머니는 벨을 울려 조산원을 불러 올 하인 한 사람을 곧 보냈다.

후작 부인이 불안하게 설레는 가슴을 안고 어머니의 품에 안겨 있는데, 조산원이 나타났다.

어머니는 딸이 이상한 생각을 하면서 괴로워하고 있

는 상태를 조산원에게 설명했고, 후작 부인은 그때까지 몸을 삼가며 살아 왔다는 것을 맹세하면서도 왠지 이해할 수 없는 기분에 사로잡혀서 전문적인 그의 진단을 받을 수밖에 없다고 말했다.

모든 이야기를 다 듣고 난 조산원은 세상에는 젊은 혈기에 나쁜 사람도 많다는 이야기를 했다. 그리고 얼마 동안 진단을 한 다음 조산원은 부인의 경우도 마찬가지이며, 젊은 미망인들이 그런 상태에 놓이면 모두 외딴 섬에라도 가서 살았던 것처럼 말한다고 했다. 조산원은 그녀의 마음을 안정시키면서 야밤중에 상륙한 해적이 곧 나타나게 될 것이라고 말했다.

이 말을 듣고 후작 부인은 기절해 버리고 말았다. 어머니의 정을 건잡지 못한 대령 부인은 조산원의 도움으로 딸을 깨어나게 했지만, 딸이 다시 제 정신으로 돌아왔을 때, 어머니는 분을 참을 수가 없었다.

어머니는 몹시 괴로워하면서,

"율리에타! 솔직히 고백하겠니? 아버지의 이름을 부를 수 있겠어?"

하고 외쳤다.

그리고 그때까지도 어머니의 마음을 달랠 수 있는 기미가 보였지만 후작 부인이 미칠 것 같다고 말하는 것을 듣자, 어머니는 안락의자에서 벌떡 일어나며,

"없어져, 이 더러운 년! 내가 너 같은 것을 낳은 것이
저주스럽구나."
라고 말하고는 방에서 나가 버리고 말았다.

다시금 눈앞이 캄캄해진 후작 부인은 조산원을 자기
앞으로 끌어앉히고 몹시 떨리는 몸으로 자기 머리를 그
녀의 가슴에 묻었다. 그녀는 끊어지는 목소리로 대체
자연은 어떻게 돌아가길래 본인이 알지도 못하는 임신
을 할 수 있느냐고 물었다.

그러자 조산원은 미소를 지으며, 그녀의 수건을 풀어
주고, 후작 부인의 경우는 그런 것이 아니라고 말했다.
"그렇지 않습니다."
하고 후작 부인이 대답했다.

"저는 임신한 것을 알 수 있습니다만, 그저 일반적으
로 자연계에 그런 현상이 있을 수 있는지 알고 싶군요."
그러자 조산원은,
"성모 마리아를 제외하고는 이 세상에서 어떤 여자에
게도 그런 일은 없었지요."
하고 대답했다.

후작 부인은 더욱더 몸이 떨렸다. 그녀는 당장 분만
을 하는 것 같은 기분이었다. 그리고 그녀는 경련이라
도 일으킬 듯이 불안한 태도로 그녀를 끌어안으며, 자
기를 버리고 가지 말라고 애원했다. 조산원은 그녀의

마음을 안정시키며, 해산은 아직 멀었다고 말했다. 그리고 그런 경우에 항간의 소문을 피할 수 있는 방법을 알려 주고, 모든 문제는 잘 해결이 될 것이라고 말했다.

그러나 위안이 될 만한 이런 이야기도 불행한 부인에게 도리어 칼날로 가슴을 찌르는 것같이 느껴졌기 때문에, 후작 부인은 정신을 차리고 기분이 좋아졌다고만 말하고 그녀를 돌려보냈다.

조산원이 방에서 나가자마자 어머니의 편지가 그녀에게 전달되었다. 그 편지에는,

'현재 상태로 봐서 아버지는 네가 집에서 나가 주기를 바라고 있다. 그래서 아버지는 너에게 해당되는 재산증서를 동봉하는 동시에, 신께서 너를 다시 만나게 하는 괴로움을 주시지 않기를 바라고 있다.'

읽어 내려가는 동안에 편지는 눈물에 젖었다. 그리고 편지 한쪽 구석에 희미한 글씨로 '대필'이라고 적혀 있었다.

후작 부인의 눈에는 괴로운 빛이 감돌았다. 그녀는 양친의 오해와 그렇게 훌륭한 사람들도 저지르게 되는 부정을 서러워하며, 어머니의 방으로 갔다. 그러나 어머니는 그곳에 없었다. 후작 부인은 비칠거리며 다시 아버지의 방으로 갔다. 그러나 문이 잠겨 있는 것을 알고, 그녀는 자신의 결백을 입증해 달라고 모든 성자들

에게 호소하면서, 그 문 앞에 쓰러지고 말았다. 잠시 동
안 그렇게 쓰러져 있을 때, 산림 서장이 그 방에서 나
오며 상기한 얼굴로,

"아버님은 너를 만나려고 하시지 않아."

하고 그녀에게 말했다.

후작 부인은 흐느끼면서,

"오빠!"

하고 외치고 방 안으로 뛰어 들어가서,

"아버지!"

하고 두 팔을 내밀었다.

그녀를 보자 아버지는 그녀에게 등을 돌리고 급히 자
기 침실로 들어가 버렸다. 그녀가 뒤를 따르자 아버지
는,

"비켜!"

하고 소리치며 문을 닫으려고 했다.

그러나 그녀가 울고불고 애원하면서 문을 가로막자
그는 갑자기 단념을 하고, 그녀가 방 안으로 들어오는
동안 한쪽 벽으로 급히 걸어갔다. 그녀는 자기한테 등
을 돌리고 서 있는 아버지의 발부리 앞에 몸을 던지고,
떨리는 손으로 그의 무릎을 끌어안았다. 그때 아버지가
벽에 걸려 있던 권총을 들어 순간적으로 발사하자, 총
알은 소리를 내며 천장을 뚫고 나갔다.

"사람 살려!"

하고 외치면서 후작 부인은 창백한 얼굴로 일어나 아버지의 방을 나와 버렸다.

"마차를 준비해!"

라고 하인에게 명령하고 그녀는 자기 방으로 들어섰다. 극도의 피로를 느끼며 그녀는 안락의자에 털썩 주저앉아서 급히 아이들에게 옷을 갈아 입히고, 짐을 꾸리게 했다. 그녀는 가장 어린 것을 무릎 사이에 끼고 떠날 준비가 다 되자 아이에게 수건을 둘러 주고 마차에 오르려고 했다. 바로 그때 오빠인 산림 서장이 나타나서 아버지(사령관)의 명령이라고 전하며 아이들은 집에 남겨 둘 것을 요구했다.

"애들을?"

뜻밖의 말에 당황해하며 그녀는 자리에서 일어섰다.

"비인간적인 아버지에게 오빠가 전해 주세요. 아버지가 오셔서 저를 쏘아 죽일 수는 있을는지 모르지만, 아이들을 빼앗을 수는 없을 것이라고."

그녀는 자신의 순결을 자랑삼아 내세우며 아이들을 안아서 마차에 태우고 떠났지만, 오빠는 감히 동생을 만류하려고 하지 않았다.

이처럼 온갖 역경 끝에 자기 자신을 깨닫게 된 그녀는 운명의 나락에서 갑자기 자신의 힘으로 다시 우뚝서

게 되었다. 교외로 나갔을 때 가슴을 찢는 듯이 괴로웠
던 기분이 가라앉자, 그녀는 여러 번 아이들—그 귀여
운 선물에 키스를 했다. 그리고 아무 잘못도 없다는 것
을 의식함으로써 얻게 된 힘이 오빠를 이길 수 있게 했
다는 것을 생각하니, 스스로 흐뭇한 기분을 금할 수가
없었다.

그처럼 이상한 위치에 있으면서도 흐려지지 않을 만
큼 투철한 그녀의 분별도 위대하고 성스러웠지만 뭐라
고 설명할 수 없는 이 세상의 질서 또한 굴하지 않을
수 없었다. 그녀는 자신이 결백하다는 것을 가족들에게
납득시킬 수 없다는 것을 알고 스스로 파멸하지 않으려
면, 그것을 단념해야 한다는 것을 깨달았다. 그리고 V
지방에 도착한 후 며칠이 지나자, 그녀의 괴로움은 세
상 사람들의 공격을 버젓이 막을 수 있는 영웅적인 각
오로 완전히 변했다. 그녀는 마음 속 깊이 언제까지나
변하지 않을 결심을 했다. 그리고 오로지 있는 열의를
다하여 두 아이의 교육에 몸을 바쳐야겠다고 다짐했다.

그리고 하느님께서 세번째로 보내 주신 아이를 넘치
는 모정으로 키워 보기로 했다. 무사히 해산을 하고 나
면 몇 주일 동안에 아름다웠지만 오랫동안 비워 두어서
황폐해진 그녀의 별장을 다시 수리할 모든 준비도 갖추
고 있었다. 정원에 있는 정자에 앉아서 어린 아이 머리

에 씌울 모자와 작은 발에 신길 양말을 뜨면서, 그녀는 방에 좀더 편리하게 침구를 배치할 것과, 어느 방에 서재를 꾸미고 어느 벽에 그림을 걸면 잘 어울릴까 하는 것을 생각하기도 했다. 그러나 그녀가 영원히 수도원에 틀어박혀서 살아가는 것과 조금도 다름없는 운명에 놓여 있다는 것을 깨닫게 되었을 때는, 아직 F 백작이 나폴리에서 돌아오기 전이었다.

그리고 문지기에게는 어느 누구도 집 안에 들여서는 안 된다고 미리 일러 두었다. 그저 한 가지 그녀는 아무 죄도 없이 순결한 상태에서 임신을 했고, 임신을 하게 된 원인이 너무 신비스러웠기 때문에 더욱 일반 사람들의 임신보다 신성하게 생각되는 그 어린애에게 서민으로 살아가면서 하나의 오점을 남기게 된다는 생각만은 그녀로서도 참기 어려운 일이었다.

아기의 아버지를 찾아낼 수 있는 방법이 갑자기 그녀의 머릿속에 떠올랐다. 처음에 그 방법을 생각했을 때는 너무나도 놀란 나머지 그녀는 자기도 모르게 뜨개질 도구를 떨어뜨리고 말았다. 그녀의 타고난 성품으로 보아 그녀의 기분을 해치게 될 그 방법에 잠시 자신을 갖게 될 때까지 그녀는 불안한 불면 상태에서 이리저리 몸을 뒤척거리며 며칠 동안 밤잠을 이루지 못하고 지냈다. 그렇게 자기를 속인 그런 남자하고는 아무 관계도

맺고 싶지 않다는 생각이 언제나 그녀의 마음에서 떠나
지 않았다. 왜냐하면 그녀는 그 사람이 어떻게 생각하
든 남자 중에서도 가장 쓰레기 같은 존재라고밖에 생각
되지 않았으며, 이 세상 어디서 태어났든지간에 더럽고
불결한 진흙 속에서 태어난 것이 틀림없다고 단정을 한
것은 당연한 일이었기 때문이다.

그러나 그녀의 마음속에 자립을 하려는 생각이 더욱
강해지고, 돌은 돌의 가치가 있고 때에 따라서는 장식
품으로도 사용할 수 있다는 생각을 하게 되었다. 그러
던 어느 날 아침 그녀는 뱃속에서 어린 생명이 움직이
는 것을 느끼며, 단단히 결심을 하고 아기 아버지를 찾
는 광고를 M 시의 모든 신문에 내게 되었던 것이다(이
작품 맨 앞에 나오는 광고).

불가피한 사정으로 나폴리에 머무르고 있던 백작은
그 동안에 두 번이나 후작 부인에게 편지를 보냈다. 어
떤 새로운 사태가 벌어질는지는 모르지만, 그녀가 그에
게 무언중에 남긴 언약을 충실히 지켜 달라는 당부의
편지였다. 그는 거기서 콘스탄티노플로 떠나는 것을 그
만 두고 다른 모든 사정이 허용되자마자 당장 나폴리를
떠나서 그가 정한 기한에서, 며칠이 지난 후에 M 시에
도착했다.

사령관은 그를 대하자 당황한 표정을 지으며, 피할

수 없는 일로 외출을 해야겠다고 말한 뒤에 자기가 없는 동안 백작과 이야기를 나누도록 아들에게 당부했다. 아들은 그를 자기 방으로 데리고 가서 간단히 인사를 나누고 난 다음 백작이 없는 동안 이 집에서 무슨 일이 일어났는지 아느냐고 물었다.

"모르는데요."

하고 백작은 갑자기 창백해진 얼굴로 대답했다.

그러자 산림 서장은 여동생 후작 부인이 가정에 남긴 추태에 대해서 말하고, 지난 사연을 모두 그에게 말했다. 백작은 손을 이마에 대고,

"내가 가는 길에는 왜 이렇게 장애물이 많을까?"

하고 이성을 잃어버린 듯이 외쳤다.

"결혼식을 끝내 버렸다면, 모든 수치와 어떤 불행도 우리에게는 없었을 텐데……."

산림 서장은 그를 응시하며, 미친 것처럼 왜 그런 더러운 여자하고 결혼을 하려고 하느냐고 물었다.

그러자 백작은,

"그녀는 그녀가 경멸하는 전 세계보다 더욱 소중한 몸이지요. 스스로 밝혔듯이 그녀가 순결하다는 것은 믿을 수 있어요. 그리고 저는 오늘중으로 V 지방으로 가서 다시 청혼을 하겠어요."

하고 말했다.

그는 곧 모자를 손에 들고, 그를 정신 나간 사람으로 생각하는 산림 서장에게 작별 인사를 하고 나가 버렸다.

그는 말을 타고 V 지방으로 달렸다. 문 앞에 내려서서 앞뜰로 들어가려고 하자, 문지기가 후작 부인은 아무도 만나지 않는다고 말했다.

그러자 백작은 다른 사람에게 해당되는 이 규칙이 이 집과 친한 사이에도 해당되느냐고 물었다. 그러자 문지기는 예외는 없을 거라고 대답하고는 이내 반신반의하면서,

"당신은 혹시 F 백작이 아니십니까?"

하고 말을 이었다.

백작은 살피는 듯한 시선을 보이고 나서,

"아니오."

하고 대꾸했다. 그리고 자기 부하를 돌아보고 문지기에게도 들릴 정도로,

"사정이 그러면 오늘은 우선 여관에 들고 후작 부인에게는 서면으로 알리지."

하고 말했다.

문지기의 시야에서 벗어나자마자 그는 모퉁이를 살짝 돌아서 집 뒤에 전개되어 있는 넓은 정원 울타리를 따라서 조용히 걸어갔다. 그가 열려 있는 문을 지나 정원

의 오솔길을 걸어 뒤쪽 계단으로 올라가려고 했을 때, 옆에 있는 정자에서 후작 부인이 자그마한 탁자에 앉아서 열심히 일을 하고 있는 모습이 눈에 띄었다. 백작은 그녀 옆으로 가까이 걸어갔다. 그러나 그가 자기 앞 서너 걸음 떨어진 정자 입구에 가서 설 때까지 그녀는 그를 느끼지 못했다.

"F 백작!"

하고 후작 부인은 시선을 들며 말했다. 그리고 뜻밖에 그를 만나게 되자 그녀는 얼굴을 확 붉혔다. 백작은 미소를 지으며 잠시 꼼짝도 하지 않고 입구에 서 있었지만, 그녀가 놀라지 않을 정도로 점잖고 정다운 태도로 그녀 옆에 가서 앉았다. 그는 그처럼 이상한 상태에서 뭐라고 말할 결심이 서기도 전에 가볍게 그녀의 정다운 몸을 끌어안았다.

"어디서 오는 길이지요? 백작님, 어떻게 여기까지."

하고 후작 부인이 물었다. 그리고 수줍은 듯이 시선을 밑으로 깔았다.

"M 시에서 오는 길입니다."

라고 백작은 말하고, 조용히 그녀를 껴안았다.

"뒷문이 열려 있기에 들어왔지요. 당신이 용서해 주리라고 생각했어요."

"M 시에서는 무슨 말이 없던가요?"

그녀는 그의 품에 안긴 채 꼼짝도 하지 않고 말했다.

"다 들었어요, 부인!"

하고 백작이 대답했다.

"그러나 당신이 결백하다는 것을 믿고 있어요."

"뭐요?"

하고 그녀는 일어서며 몸을 뿌리쳤다.

"그래서 곧장 이리로 오셨나요?"

"세상에서 누가 뭐라고 하든."

하고 백작은 그녀를 꼭 붙잡으면서 말을 계속했다.

"그리고 가족들이 반대를 하든말든 우리의 이렇게 정다운 장면에는 개의치도 않고."

이렇게 말하며, 그는 뜨거운 입술을 그녀의 가슴에 대었다.

"돌아가세요!"

하고 후작 부인이 외쳤다.

"다 알고 있어요. 율리에타 씨. 저는 당신에 대해 모르는 것이 없고, 마치 저의 마음이 당신 가슴 속에 들어갔다 나온 것 같아요."

하고 그가 말했다.

"저를 좀 내버려 둬요!"

하고 후작 부인이 외쳤다.

"저는 구혼을……."

하고 그는 결론적으로 말하며, 그녀를 놓아 주지 않았
다.

"다시 청혼해 보고 당신이 들어 주시면, 당신의 손에
서 행운을 받아 보려고 왔어요."

"당장 놔요!"

후작 부인이 외쳤다.

"당신에게 명령하겠어요!"

하고 말하며, 그녀는 그의 품에서 몸을 빼내어 도망을
쳤다.

"부인, 너그러우신 부인!"

하고 다시 자리에서 일어나서 그녀의 뒤를 따르며 간청
했다.

"모르시겠어요?"

후작 부인은 외치면서 몸을 돌려 그를 피했다.

"조용히 한 마디만 들어 주세요."

하고 백작은 말하며 그에게로 내민 미끈한 그녀의 팔을
재빨리 붙잡았다.

"아무것도 알고 싶지 않아요."

라고 후작 부인은 차갑게 대답하면서, 힘껏 그의 가슴
을 떼밀고 계단으로 급히 올라가서 자취를 감추고 말았
다.

무슨 일이 있더라도 그녀에게 들려 주어야 했으므로

급히 계단을 반쯤 따라 올라갔으나 문이 그의 눈 앞에서 닫히더니, 당황해 서두르면서 그의 앞에서 사납게 빗장 잠그는 소리가 들렸다.

그런 경우에 어찌 할 바를 모르는 그는 잠시 그 자리에 서서, 옆으로 열려 있는 창문으로 들어가서 목적을 이룰 때까지 그녀의 뒤를 따를까 생각도 해 보았다. 아무리 생각해도 그대로 돌아가는 것은 어려운 일이었지만, 이번만은 그대로 돌아가는 것이 무엇보다 필요하다고 생각되었기 때문에 그녀를 놓친 데 대해 스스로 몹시 분해하며, 계단을 내려가 자기 말이 있는 곳을 찾아가려고 정원을 떠났다. 그는 그녀의 가슴에 대고 모든 일을 솔직히 다 털어놓으려는 노력이 영원히 실패로 돌아간 것을 느끼고, 이제는 어쨌든 쓰지 않을 수 없었던 편지 내용을 생각하며, 한 걸음 한 걸음 M 시로 말을 몰았다.

저녁때쯤 백작은 세상에서 가장 불쾌한 얼굴을 하고, 식당의 비어 있는 식탁에 앉았을 때 우연하게도 산림 서장을 만났다. 그러자 산림 서장은 곧,

"V 지방에서 구혼은 원만하게 진행되었나요?"

하고 물었다.

"아니오."

하고 간단히 대꾸했으나, 그는 하마터면 사나운 말로

산림 서장의 말을 반박할 뻔했다. 그러나 그는 예의에
어긋나지 않을 정도로,

"서면으로 구혼할 생각이며, 멀지 않아서 결말이 날
겁니다."

하고 말을 이었다.

그러자 산림 서장은 그가 후작 부인에게 정신없이 정
열을 기울이고 있는 것을 유감스럽게 생각하며, 그에게
확실히 말해 두지 않을 수 없는 것은 그녀가 이미 다른
구혼자를 택하고 있다는 사실이라고 말했다.

그리고 최근 신문들을 가져다가 그녀가 아기 아버지
를 상대로 요구한 내용이 실려 있는 신문을 백작에게
주었다. 백작은 그 기사를 죽 읽더니 그만 얼굴을 붉혔
다. 여러 가지 감정이 그의 마음속에서 얽히고설켜 떠
올랐다. 산림 서장은 후작 부인이 찾고 있는 인물이 나
타날 것 같으냐고 물었다.

"물론 나타나겠지요."

하고 백작은 마음을 고스란히 지면에 기울이고, 그 뜻
을 다시금 음미하면서 대꾸했다. 그리고 신문을 접으며
잠시 창문가로 걸어가서는,

"그러면 좋습니다. 어떻게 해야겠다는 것을 이제야
알겠어요."

하고 말했다.

그리고 산림 서장한테로 돌아서며 공손한 태도로 멀지 않아서 다시 뵐 수 있을까요 하고 인사한 후, 그와 작별하고 자기 운명에 따라서 그 자리를 떠났다.

그 동안 사령관의 집에서는 큰 일이 벌어졌다. 대령 부인은 자기 남편의 포악한 태도가 딸에게 준 심한 천대와, 어쩔 수 없이 그것을 받게 했던 어머니로서의 약점에 대해 몹시 화가 치밀었다. 사령관 방에서 총소리가 들리고 그 방에서 딸이 뛰어나왔을 때, 그녀는 기절을 했지만 곧 다시 깨어났다. 사령관은 부인이 다시 정신을 차리자 공연히 놀라게 해서 미안하다는 말만 남기고 발사한 권총을 테이블 위에 내던졌다. 그 후 어린애를 남겨 두라는 이야기가 나왔을 때도, 그렇게 할 권리가 어디 있느냐고 약한 어조로 겨우 설명했을 뿐이었다.

그녀는 실신한 탓에 힘도 없었지만, 괴롭고 측은한 목소리로 집안을 떠들썩하게 하는 행동은 피해 달라고 부탁했다. 그러나 사령관은 아무 대답도 없이 그저 산림 서장한테로 돌아서서 홧김에 입에 거품을 물고,

"가서 애들을 데려와."

하고 말했다.

F 백작의 두번째 편지가 왔을 때, 사령관은 그 편지를 V 지방에 있는 후작 부인에게 회송하라고 명령했다.

그 후 하인한테서 들은 말이지만, 딸은 그 편지를 옆에 놓고,

"좋아"

하고 말했다는 것이다.

부인으로서는 딸인 후작 부인이 어떻게 해서 그렇게까지 냉담하게 생각했던 재혼을 하려고 했던가 하는 문제를 위시해서 그 사건에 대해서는 의심스러운 데가 많았지만 그런 사정을 좀처럼 입 밖에 낼 수 없었다. 사령관은 그때마다 명령하는 듯한 어조로 아무 말도 말라고 했다.

어느 때인가 그러한 기회에 사령관은 그때까지 벽에 걸려 있던 후작 부인의 초상화를 끌어내려서 딸에 대한 기억을 완전히 없애 버리고 싶다고 말하고, 자기는 딸 같은 것은 없다고 잘라 말했다.

그러자 각 신문에는 후작 부인의 이상한 광고가 나기 시작했다. 누구보다도 가장 놀란 대령 부인은 신문을 들고 남편의 방으로 들어갔다. 거기서 사령관은 탁자에 앉아 무엇인지 일을 하고 있었다.

"그 기사를 당신은 어떻게 생각하지요?"

하고 부인이 남편에게 물었다.

그러자 사령관은 무언지 계속해서 쓰면서,

"그 애는 아무 죄도 없어."

하고 말했다.

"뭐라구요? 죄가 없다구요?"

하고 부인은 깜짝 놀라며 외쳤다.

"그 애가 잠든 동안에 일은 저질러졌어."

하고 사령관은 쳐다보지도 않고 말했다.

"자는 동안에요? 그런데 어떻게 그런 엄청난 일을…."

"이 바보야!"

하고 사령관은 외치고, 종이를 한쪽으로 밀어 놓고 밖으로 나가 버렸다.

다음날 부부가 아침 식탁에 앉아 있을 때, 대령 부인은 아직 잉크가 채 마르지도 않은 신문에서 다음과 같은 글을 읽었다.

'O 후작 부인은 3일……오전 11시에 그녀의 부친인 G 씨 댁에 출두할 생각이니, 그녀가 찾고 있는 장본인은 거기서 그녀 앞에 배례할지어다.'

그렇게 이상한 기사를 반도 읽기 전에 대령 부인은 말문이 막혀 버리고 말았다. 그녀는 그 기사의 끄트머리를 언뜻 훑어보고, 신문을 남편에게 주었다. 대령은 마치 자기 눈을 의심하기라도 하는 듯이 세 번이나 그 신문을 되읽었다.

"그런데 여보! 어서 말씀 좀 하세요. 이것을 어떻게 생각하세요?"

하고 대령 부인이 외쳤다.

"수치스러운 년, 간사한 위선자야? 암캐의 염치없는
행실에 여우의 간사한 꾀를 열 갑절 더 보태도 그년의
그것을 따를 수는 없을 거요. 그 얼굴, 그 눈. 천사라도
그런 얼굴과 눈을 갖지는 못했을 거야."

그렇게 한탄하면서 그는 좀처럼 마음을 걷잡지 못했
다.

"그러나 그것이 한낱 술책이라면 도대체 그 애가 뭣
때문에 그럴까요?"

하고 대령 부인이 물었다.

"무엇 때문이냐구? 그년의 비열한 기만책이지. 그년
은 억지로라도 그 기만책을 관철시킬 모양이지!"

하고 대령은 대답하고 말을 이었다.

"그년은 그 녀석하고 둘이서 3일 오전 11시에 우리
에게 보여 주려는 연극 각본을 이미 다 외고 있어. '귀
여운 내 딸아. 난 몰랐어. 어떻게 그런 생각을 할 수 있
으랴. 용서해라. 그리고 내 축복을 받아 다오. 그리고
다시 사이좋게 지내자.'라고 내가 말해야 된단 말이지.
하지만 3일 오전에 우리 집 문지방을 넘어서는 놈은 쏜
다! 그렇지, 하인을 시켜서 그 녀석을 밖으로 끌어내는
편이 좋을는지 모르지."

신문 기사를 다시 한 번 읽고 난 G 부인은,

"이해할 수 없는 두 가지 중에서 어느 한쪽을 믿어야
한다면 저는 도리어 지금까지 들어보지도 못한 운명의
장난을 믿을망정, 얼마 전까지 그렇게 훌륭하던 딸이
그처럼 비열한 짓을 하리라고는 생각할 수 없어요."
하고 말했다.

그러나 그녀가 이야기를 다 끝내기도 전에 사령관은
이미,

"기분에 거슬리게 그러지 말고, 잠자코 있어요!"
라고 외치고는 방에서 나가 버렸다.

"그런 소리는 듣기만 해도 싫어요."

며칠 후에 사령관은 그런 신문 기사에 관한 편지를
후작 부인으로부터 받았다. 그 편지에서 그녀는 자기가
아버지 댁에 나타날 수 있는 혜택을 받을 수 없을 테니
까, 3일 오전에 찾아올 사람에게는 V 지방에 있는 자
기한테로 오도록 부디 부탁을 해 달라는, 간곡하면서도
감동적인 내용이 적혀 있었다. 사령관이 그 편지를 받
았을 때 대령 부인도 그 자리에 있었지만, 그때 남편의
얼굴에서 어쩐지 마음의 갈피를 잡지 못하는 것 같은
표정을 뚜렷이 느낄 수 있었다. 왜냐하면 그 편지에는
아버지에게 용서를 구하는 말이 한 마디도 없는 것으로
봐서, 만일 그것이 허위적인 장난이었다고 한다면 거기
에는 어떤 동기가 있는 것이 틀림없었기 때문이다. 그

런 태도에서 힘을 얻게 된 부인은 오랫동안 의혹에 가
득 차 있는 가슴속에 품고 다니던 계획을 밝혔다. 남편
이 아무 말도 없이 어리둥절한 표정으로 편지를 들여다
보고 있는 동안,

"생각나는 것이 있어요. 저를 하루나 이틀쯤 V 지방
으로 보내 주시겠어요? 만일 신문에 미지의 인물로서
회답을 낸 그 남자가 이미 딸애와 친근한 사이라면, 그
애가 아무리 교묘하게 꾸며대기를 잘한다고 해도 그 애
가 본심을 털어놓을 수 있는 상태로 돌려 보겠어요."
하고 말했다.

그러나 사령관은 갑자기 그 편지를 찢어 버리며,

"내가 그년하고 인연을 끊으려는 것은 당신도 알고
있지 않소! 그러니 이러구 저러구 그 문제에 대해 신경
쓰지 말아요."
하고 대답했다.

그는 찢은 편지를 봉투에 넣어서 봉하고, 후작 부인
의 주소를 적어서 답장 대신 하인에게 돌려 주었다. 대
령 부인은 남편의 완고한 고집이 사건 해결을 불가능하
게 하는 데 은근히 화가 나서, 이제는 남편의 의사를
무시하고라도 자기의 계획을 관철하려고 결심했다.

그녀는 사령관의 엽기병 한 사람을 데리고, 다음날
아침 남편이 자리에서 일어나기도 전에 V 지방으로 마

차를 몰았다. 그녀가 별장 문에 이르렀을 때 문지기는
후작 부인에게 어떤 사람도 안으로 들일 수 없다고 말
했다. 그러자 G 부인은 그런 규정이 있는 것은 알고 있
지만, 그러지 말고 어서 G 대령 부인이 왔다는 것을 알
려 달라고 했다.

그러자 문지기는 후작 부인은 이 세상의 누구도 만나
고 싶어하지 않기 때문에 그래봐야 아무 소용도 없을
것이라고 대답했다.

그러자 G 부인은,

"나라면 만나 줄 겁니다. 나는 그 애의 어미니까요.
그러니까 머뭇거리지 말고 용무를 전해 주시오."
하고 말했다.

문지기가 아무리 그래봐야 소용이 없을 거라고 말하
면서 집 안으로 들어가자마자 안에서 후작 부인이 달려
나오는 것이 보였다. 후작 부인은 문까지 급히 달려와
서 대령 부인의 마차 앞에 무릎을 꿇었다. G 부인은 엽
기병의 부축을 받으며 마차에서 내려 딸을 조금은 측은
하다고 생각하면서 땅에서 일으켜 올렸다. 후작 부인은
여러 가지 감회에 사로잡혀서 어머니의 팔에 푹 몸을
의지한 채 하염없이 눈물을 흘리며, 정중한 태도로 어
머니를 방 안으로 안내했다. 부인은 어머니에게 자리를
권하고, 어머니 앞에 그대로 선 채 눈물을 닦고 난 다

음에,

"뵙고 싶었던 어머님, 어머님께서 이렇게 뜻밖에 와 주시니 무슨 좋은 일이라도 있겠지요."

하고 말했다.

어머니는 정답게 딸의 손을 잡고,

"나는 너를 집에서 쫓아낸 그 가혹한 태도에 대해 용서받기 위해서 왔어."

하고 말했다.

"용서하신다구요?"

하고 후작 부인은 어머니의 말을 가로막으며, 어머니의 손에 키스하려고 했다. 그러나 어머니는 딸의 키스를 피하며,

"왜냐하면 네가 낸 광고에 대한 회답이 얼마 전에 신문에 실려 있었기 때문에 나와 아버지는 네가 결백하다는 것을 확신하게 되었어. 우리가 매우 놀라며 기뻐한 것은 이미 어제 그 남자가 직접 집에 찾아왔다는 사실이야. 이 말을 너에게 해 주어야 할 것 같아서 왔다."

하고 말을 이었다.

"그게 누구죠?"

후작 부인은 물으며, 어머니 곁에 바싹 다가 앉았다.

"누가 직접 나타났어요?"

그러면서 후작 부인의 표정은 하나하나 무엇을 기대

하는 듯이 긴장되어 있었다.

"그 남자 말이야!"

하고 G 부인은 말했다.

"그 회답을 낸 사람이 직접 말이다. 네가 찾고 있는 바로 그 사람 말이야."

"그래서요."

하고 후작 부인은 불안한 가슴을 억누르며 말했다.

"그 사람이 누구지요, 누구예요?"

"그 사람……."

하고 G 부인이 말을 이었다.

"그건 네가 알아맞혀 봐. 그런데 좀 생각해 봐라. 어제 우리가 홍차를 마시며 바로 그 이상한 신문 기사를 읽고 있을 때, 우리가 잘 알고 있는 사람이 실망한 태도를 보이며 방 안으로 들어와서 너의 아버지 앞에 무릎을 꿇더라. 그리고 조금 후에는 내 앞에 무릎을 꿇더라. 어찌된 일인지 모르고 우리는 이유를 말해 보라고 부탁했지. 그러자 그 남자는 양심에 가책을 받아서 더 이상 안정할 수가 없으며, 후작 부인을 속인 것은 자기 자신이라고 하더군. 아무리 처벌을 받게 된다 해도, 자기가 그 죄로 인해서 어떤 판결을 받게 되더라도 알려야 하겠기에 직접 와서 그렇게 아뢰노라고 그러지 뭐냐."

"그런데 누가요. 누가, 누가 그랬어요?"
하고 후작 부인이 물었다.

"지금 말한 것처럼……."
하고 G 부인은 말을 이었다.

"나이도 젊고 교양도 있어 보이던데. 그런 쓸데없는 짓은 할 것 같지도 않은 사람이야. 그런데 놀라지 마라, 애. 그 사람은 지위도 낮고, 그밖에 너의 남편으로 갖추어야 할 조건은 하나도 갖추지 못했지 뭐냐."

"그렇지만 역시 그 사람이 적합지 않은 사람이라고는 할 수 없겠지요. 저보다 먼저 아버지와 어머니 앞에 무릎을 꿇었으니까요. 그런데 그 사람이 누굽니까, 누구예요. 어서 말씀해 보세요. 누구지요?"
하고 후작 부인이 말했다.

"그런데……."
하고 어머니가 말했다.

"그 사람은 레오파르도야. 얼마 전에 아버지가 티롤에서 고용한 엽기병 말이다. 사실 너에게 남편감으로 소개하기 위해서 여기까지 그 남자를 데리고 왔단다."

"엽기병 레오파르도를요?"
하고 후작 부인은 외치고 절망한 표정을 지으며 자기 손으로 이마를 짚었다.

"왜 그렇게 놀라지? 의심할 만한 이유라도 있느냐?"

하고 대령 부인이 물었다.

"무슨 이야기지요? 언제 어디서?"

하고 후작 부인은 당황해하며 물었다.

"그건……."

하고 G 부인이 말했다.

"그 남자가 너한테만 솔직히 말할 모양이더라. 부끄럽기도 한데다가 그건 애정 문제니까 너 이외의 다른 사람에게는 그 사실을 밝힐 수 없다고 그러던데, 원한다면 지금 문을 열어 볼까? 문 앞에서 가슴을 설레며 그 남자가 기다리고 있을 테니까. 그 동안 내가 자리를 비켜 줄 테니 그의 비밀을 한번 알아보는 것이 어떠니?"

"어머나, 어머니도."

하고 후작 부인이 외쳤다.

"그러고 보니, 제가 언젠가 무더운 대낮에 잠이 들었다가 깨어나니까 그 남자가 저의 안락의자에서 방금 나가는 것을 본 적은 있어요."

이렇게 말하고 그녀는 자기의 자그마한 손으로 부끄러움에 상기된 얼굴을 가렸다. 이 말을 듣고 어머니는 딸 앞에 무릎을 꿇었다.

"애야."

하고 어머니가 외쳤다.

"착하구나, 착해."

하고 그녀는 두 팔로 딸을 끌어안았다.

"그러니 내가 얼마나 어리석으냐?"

이렇게 말하고 어머니는 딸의 무릎에 얼굴을 묻었다.

"왜 이러세요, 어머니."

하고 후작 부인은 어리둥절해서 물었다.

"그런데 내 말 좀 들어봐."

하고 어머니는 말을 이었다.

"너는 천사보다도 순결하구나. 내가 지금까지 말한 것은 모두 거짓말이다. 썩어빠진 내 마음이 너의 주위를 골고루 비추고 있는 순결한 빛을 믿지 못했고, 그것을 확인하기 위해서 나는 이렇게 수치스러운 술책을 꾸미게 되었던 것이다."

"어머니!"

하고 외치며 후작 부인은 기쁨과 감격에 넘쳐서 몸을 굽히며 어머니를 일으키려고 했다.

그러자 어머니는,

"아니다. 나는 네가, 훌륭하고 천사와 같은 네가 나의 비열한 행동을 용서한다고 말하기 전에는 네 옆에서 떠나지 않을 거다."

하고 대답했다.

"제가 어머니를 용서한다구요, 어머니! 어서 일어나

세요."

하고 후작 부인이 말했다.

"부탁이에요."

"내 말 들어 봐."

하고 부인이 말을 이었다.

"넌 아직도 나를 좋아할 수 있으며, 전과 마찬가지로 진정으로 나를 섬기겠니. 나는 그것이 알고 싶구나."

"어머니!"

하고 외치고 후작 부인은 어머니와 마찬가지로 그의 앞에 무릎을 꿇었다.

"어머니를 존경하고 사랑하는 마음은 한시도 제 가슴 속에서 떠난 적이 없어요. 그렇게 이상한 사태에 처해 있는데, 누가 저를 믿을 수 있겠어요. 어머니께서 제가 순결하다는 것을 믿어 주시니, 얼마나 기쁜지 모르겠어요."

"그런데,"

하고 G 부인은 자기 딸의 부축을 받고 일어서면서 대답했다.

"얘야, 그러면 나도 너를 애지중지 귀여워해 주마. 너는 내 집에서 몸을 풀도록 하려무나. 아무리 네가 도련님을 낳는다 해도 나는 지금보다 더 정답고 소중하게 너를 보살필 수는 없을 것이다. 나는 죽을 때까지 네

옆을 떠나지 않겠다. 온 세상 사람들이 원수가 되어도 괜찮아. 다른 사람의 명예보다 너의 불명예스러운 점을 두둔하리라. 그저 네가 다시 마음을 돌려서, 내가 너를 쫓아낸 그 가혹한 태도를 잊어 주기만 한다면……."

후작 부인은 있는 애무와 맹세를 다해서 어머니의 마음을 위로하려고 했다. 그러나 그녀가 어머니를 위로하기도 전에 저녁이 다가오고, 밤은 어느덧 깊어 가기만 했다.

다음날, 밤 사이에 신열까지 났던 노부인의 흥분 상태가 조금 가라앉자 어머니와 딸과 뱃속의 손자는 마치 개선이라도 한 듯이 다시 M 시로 돌아갔다. 여행을 하는 동안에도 그들은 매우 흐뭇해하면서 마부 자리에 앉아 있는 엽기병 레오파르도와 슬슬 농담을 주고받기까지 했다. 그러면서 어머니는 후작 부인에게, 너는 저 남자의 널찍한 등을 볼 때마다 얼굴을 붉히니 어찌 된 일이냐고 농담을 하기도 했다. 그 말에 후작 부인은 탄식과 미소가 뒤섞인 것 같은 흥분 상태를 보이며,

"3일 오전 11시에 우리 집에 누가 나타날는지 알 수가 없군요."

하고 대답했다.

그런데 차츰 M 시에 가까워지면 질수록 그녀들의 기분은 눈앞에 가로놓여 있는 결정적인 장면에 대한 예감

에 사로잡히면서, 다시금 더욱더 엄숙해지기만 했다. 자기의 계획에 대해 한 마디도 입 밖에 내지 않은 G 부인은 집 앞에 도착해 마차에서 내리자, 자기 딸을 데리고 그녀의 옛 방으로 들어갔다. 그리고 자기는 곧 돌아올 테니까 편히 앉아 있으라고 말하고 어머니는 그 자리에서 물러 나갔다.

한 시간이 지난 후에 어머니는 매우 상기된 얼굴로 다시 돌아왔다.

"글쎄. 그런 양반도……."

하고 어머니는 마음속으로 흐뭇한 기분을 느끼며 말했다.

"그렇게 의심이 많은 양반이었지만 납득시키는데 단 한 시간도 걸리지 않았어. 그런데 지금은 꼼짝도 하지 않고 자리에 앉아서 울고만 계시지 뭐냐?"

"누가요?"

하고 후작 부인이 물었다.

"그이 말이다."

하고 어머니가 말했다.

"이번 일의 장본인인 그이지, 누구야."

"설마 아버지는 아니겠지요?"

하고 후작 부인이 물었다.

"마치 어린애 같더라."

하고 어머니가 대답했다.

"내가 눈물을 닦지 않아도 좋았더라면, 그저 방에서 나오자마자 터져나오는 웃음을 참지 못했을 거야."

"그러면 그게 저 때문인가요?"

하고 물으며 후작 부인은 자리에서 일어섰다.

"그렇다면 제가 여기서……."

"여기 가만있어."

하고 G 부인이 말했다.

"네 아버지는 어째서 그 편지를 나에게 대신 쓰게 했을까? 내가 살아 있는 동안 그이가 나를 만나려면 우선 여기로 너를 찾아올 것이다."

"어머니, 제발 그런 말씀……."

하고 후작 부인은 애원했다.

"너무 했어."

하고 대령 부인은 딸의 말을 가로막았다.

"그이가 어째서 권총 같은 것을 손에 들었을까?"

"그렇지만 제발……."

"안 돼요."

하고 어머니는 자리에서 일어서려는 딸을 다시 안락의자에 앉혔다.

"오늘 저녁 안으로 아버지가 오시지 않으면, 나는 너하고 내일 다시 여기를 떠날 테다."

그러자 후작 부인은 그것은 너무 심하고 옳지 못한 처사라고 말했다.

그러나 어머니는,

"안심해."

하고 대답했다. 왜냐하면 바로 그때 흐느끼면서 누가 멀리서 걸어오는 소리가 들렸기 때문이다.

"오시지 않니?"

"어디요?"

하고 물으며 후작 부인은 귀를 기울였다.

"누가 저 문 밖에서 그렇게 심하게……."

"그렇구말구."

하고 G 부인이 대답했다.

"그이는 우리가 문을 열어 주기를 기다리고 있는 거야."

"가만 계세요."

하고 후작 부인은 의자에서 벌떡 일어섰다. 그러나,

"율리에타야, 만일 네가 나를 생각한다면."

하고 대령 부인이 대답했다.

"가만있어."

그러자 바로 그 순간 사령관은 손수건으로 얼굴을 가리며, 이미 방 안으로 들어왔다. 어머니는 자기 딸을 가로막고 서서 그에게 등을 돌리고 있었다.

"아버지!"
하고 외치며 딸은 그에게로 두 팔을 내밀었다.
"가만있어."
하고 G 부인이 말했다.
"알겠지?"
사령관은 방 한가운데 서서 울고 있었다.
"아버지는 너에게 사죄를 해야 해."
하고 G 부인이 말을 이었다.
"그이가 왜 그렇게 사납고 고집이 세지. 나는 그이를 사랑하지만, 너도 사랑해. 그이를 존경하지만, 너도 소중해. 그리고 두 사람 중에서 어느 한쪽만을 택하라고 한다면, 네가 아버지보다 더 소중하다. 그래서 나는 네 곁을 떠나지 않을 거야."
사령관은 고개를 푹 숙이고 사방 벽이 울릴 정도로 흐느껴 울었다.
"어머나, 아버지 왜 이러세요!"
하고 외치며, 후작 부인은 갑자기 어머니에게 양보를 하고, 자기 수건을 꺼내 하염없이 흘러내리는 자신의 눈물을 닦았다.
그러자 G 부인이,
"저 양반은 그저 말이 나오지 않는 거야."
하고 말하고, 조금 옆으로 몸을 피했다. 그러자 후작 부

인은 자리에서 일어나서 사령관을 얼싸안고 마음을 진
정하라고 애원을 했다. 그리고 자기도 몹시 울면서,

"자리에 앉으시지 않겠어요?"

하고 아버지에게 물었다.

그녀는 아버지를 의자에 끌어 앉히려고 했다. 그러면
서 아버지가 앉을 수 있도록 의자를 권했다. 그러나 그
는 아무 대답도 없었다. 그는 꼼짝도 하지 않고, 그렇다
고 자리에 앉지도 않고 그저 그 자리에 서서, 얼굴을
숙이고 눈물만 흘리고 있었다. 후작 부인은 아버지를
바로 세우고, 반쯤 어머니를 돌아보며,

"이러시다가 병이라도 생기겠어요."

하고 말했다.

어머니도 아버지가 경련이라도 일으킬 것 같은 태도
를 보였기 때문에, 마음의 안정을 잃어버리는 것같아
보였다. 그러나 나중에 사령관은 거듭 딸이 권하는 데
못 이겨 자리에 앉고, 게다가 딸이 한없이 애정을 보이
며 아버지 앞에 무릎을 꿇자, 어머니는 다시 입을 열며,

"그만한 일쯤 아버지는 당해 마땅하지. 이래야 아버
지도 정신이 좀 들 게다."

하고 말하고, 두 사람을 남긴 채 방에서 나가 버리고
말았다.

어머니는 밖으로 나가자마자 눈물을 닦고, 자기가 남

편을 당황케 한 심한 충격이 그에게 해롭지는 않을까, 또는 의사를 부르는 편이 낫지 않을까 하고 생각해 보기도 했다. 그녀는 남편의 저녁 식사를 마련하면서, 원기를 돋우고 마음을 진정시킬 수 있는 모든 재료를 써서 부엌에서 요리를 했다. 그리고 남편이 딸의 손에 이끌려서 들어오는 대로 곧 자리에 눕게 하기 위해서 잠자리를 보아 따뜻하게 녹였다. 그러나 이미 식탁이 마련되어도 여전히 그가 오지 않았기 때문에, 그녀는 형편을 살피기 위해서 후작 부인 방으로 살금살금 걸어갔다. 문에 귀를 살며시 대고 엿들었을 때, 나직하게 속삭이던 소리는 사라져 없어지는 것 같았다. 그런데 그 소리는 후작 부인의 속삭임 같기도 했다. 가만히 열쇠 구멍으로 안을 엿보았을 때, 생전 그런 일이 없었던 딸은 그의 무릎 위에 앉아 있었다. 보고 있던 어머니는 드디어 문을 열었다. 그런데—그 순간 어머니의 마음은 기쁨에 넘쳤지만—딸은 두 눈을 꼭 감은 채 아버지의 품에 안겨 있었다. 한편 아버지는 등받이의자에 앉아서 큼직한 두 눈에 눈물을 머금고 마치 애틋한 듯 오랫동안 딸의 입에 입맞춤해 주었다. 딸도 말이 없고, 아버지도 말이 없었다. 그는 마치 첫사랑의 소녀를 대하기라도 하듯이 그녀 위에 얼굴을 숙이고, 딸에게 조심스럽게 키스해 주었다. 어머니는 마치 축복받은 여자처럼 느껴졌다. 그녀는 남편의 의자 뒤에서 그들의 눈에 띄지 않게 서 있었지만, 그녀는 집 안에 다시 찾아든 화해의 성스러운 기쁨을 그르치고 싶지 않았다. 그녀는 드디어 사령관 곁으로 가까이 가서 남편이 한없이 기뻐하며, 다시 손가락과 입술로 그가 딸의 입을 더듬고 있을 때 옆의 의자에 몸을 굽히며 그의 얼굴을 쳐다보았다. 사령관은 그녀의 얼굴을 보자 몹시 얼굴을 찌푸리며 뭐라고 말을 하려고 했다.

"왜 그런 얼굴을 하고 계세요?"

하고 정답게 말하며 이번에는 그녀 측에서 키스를 해서 분위기를 바로잡고, 농담을 하면서 감격적인 그 장면에 끝을 맺었다.

그리고 어머니는 그들을 저녁 식탁으로 데리고 갔다. 식탁에 앉아서도 사령관은 매우 명랑하기도 했지만 그래도 가끔 흐느끼며, 별로 먹지도 않고, 아무 말도 없이 접시 위에 시선을 떨어뜨리고, 딸의 손을 어루만지고 있었다.

그런데 다음날, 날이 새자 도대체 누가 오전 11시에 나타날지 그것이 문제였다. 왜냐하면 그 다음날이야말로 누구나 불안을 느끼는 초사흘이었기 때문이다. 아버지와 어머니, 그리고 오빠—오빠도 화해를 하고 그 자리에 있었지만—세 사람은 모두 이의 없이, 나타나는 그 남자가 별다른 결함이 없으면 결혼하기로 뜻을 모았다. 후작 부인을 행복하게 해 주기 위해서 할 수 있는 일이라면 뭐든지 해 주려고 했다.

그러나 그 미지의 사나이에게 아무리 호의를 다해서 도와 주어도 여전히 후작 부인의 수준과 너무 거리가 멀 정도라면, 양친은 그 결혼에 반대하겠다고 했다. 양친은 여전히 후작 부인을 같이 살게 하고, 아기는 양자로 들이기로 결론을 내렸다. 그와 반대로 후작 부인은 여하튼 그 남자가 악하지만 않다면, 자기 약속을 실현하는 동시에 어떤 희생을 치르더라도 아이에게 아버지를 마련해 줄 생각인 것 같았다.

저녁이 되자 어머니는 그 남자를 어떻게 접대했으면 좋겠느냐고 물었다. 그러자 사령관은 오전 11시에 후작 부인이 혼자 남아서 접대를 하는 것이 좋겠다고 말했다. 그와 반대로 후작 부인은 그 사람과 무슨 비밀을 나누고 싶지 않기 때문에 양친과 오빠도 자리를 같이 해 주었으면 좋겠다고 고집했다. 게다가 그러한 자기의 소원은 그 남자의 답장에서 사령관 집에서 만나고 싶다고 제의한 데 다 나타나 있는 것 같다고 말했다.

그리고 솔직히 말해서 그 답장에 대해 느낌이 매우 좋다고 말하기도 했다.

그러나 어머니는 그 자리에서 아버지와 오빠가 보이

게 될 서투른 태도를 생각해서 남자들은 얼굴을 내밀지
않았으면 좋겠다고 딸에게 말하면서, 그 대신 자기가
딸의 소원에 따라서 접대를 하겠노라고 말했다. 잠시
생각에 잠겨 있던 딸은 결국 마지막 제안을 받아들이기
로 했다. 그처럼 긴장된 기대 속에서 밤이 지나고, 불안
한 초사흘 아침이 다가왔다.

11시 종이 울렸을 때 두 부인은 마치 맞선을 볼 때처
럼 성장을 하고 응접실에 앉아 있었다. 한낮의 소음이
없었더라면 옆에서도 들릴 정도로 그들의 가슴은 심하
게 쿵쾅거렸다. 11시 종소리가 아직 울리고 있을 때,
아버지가 티롤에서 고용한 엽기병 레오파르도가 안으로
들어왔다. 그를 대하자 여자들은 얼굴이 창백해지고 말
았다.

"F 백작께서……."

하고 그가 말했다.

"차를 타고 오셔서 뵙고자 합니다."

"F 백작께서?"

하고 동시에 외치며, 두 여자는 거듭 놀라는 표정이었
다.

후작 부인은,

"문을 잠가요. 우리는 그이를 기다리며 이렇게 앉아
있는 게 아니니까요."

하고 외치고. 자신이 곧 방문을 닫으려고 자리에서 일
어나서 자기 앞을 가로막고 서 있는 엽기병을 밀어내려
고 했다. 바로 그때 어느덧 백작은 요새를 점령했을 때
와 똑같은 군복에 같은 훈장과 무장을 갖추고 그녀 방
으로 들어왔다. 후작 부인은 어리둥절해서 쓰러질 것만
같았다. 그녀는 의자 위에 놓여 있던 수건을 손에 들자
곧 방에서 도망치려고 했다. 그러나 부인은 딸의 손을
잡으며,

"율리에타—."

하고 외쳤다.

그리고 어머니는 여러 가지 생각에 목이 멘 듯이 말
이 없었다. 어머니는 백작을 뚫어지게 쳐다보며,

"율리에타, 제발 그러지 마!"

하고 다시 외치고 딸을 붙잡으며,

"그러면 우리는 누구를 기다리는 거지?"

하고 말했다.

그러자 후작 부인은 갑자기 몸을 돌리며,

"그렇지만, 저 양반은 아니에요."

하고 외쳤다. 그리고 번개같이 섬뜩한 시선을 그에게
쏟고 있는 동안, 그녀의 얼굴은 죽은 사람처럼 창백해
지고 말았다.

백작은 그녀 앞에 한쪽 무릎을 꿇고, 오른손을 가슴

에 대고, 머리를 푹 숙인 채 상기된 얼굴로 시선을 밑
으로 깔고 있었다.

"그렇지 않으면 누구를 기다리지!"

대령 부인이 목멘 목소리로 외쳤다.

"정신이 나갔어? 이 양반이 아니구 누구야?"

후작 부인은 굳어진 몸으로 그의 앞에 서서,

"미치겠어요, 어머니!"

하고 말했다.

"바보 같은 것."

하고 대답을 하면서 어머니는 딸을 옆으로 끌어당기며,
그녀의 귀에 대고 뭔가를 속삭였다.

후작 부인은 몸을 돌리며, 두 손으로 얼굴을 가리고,
안락의자에 털썩 주저앉고 말았다.

그러자 어머니는,

"가엾은 것, 어디가 편치 않니. 무슨 뜻밖의 일이라도
생겼어?"

하고 외쳤다.

백작은 대령 부인의 곁에서 떠나지 않은 채, 여전히
한쪽 무릎을 꿇고, 그녀의 옷깃을 붙잡고 키스했다.

"존경하는 부인이시여!"

하고 그가 속삭였다. 그의 양볼에는 하염없이 눈물이
흘러내렸다.

대령 부인은,

"일어나세요, 백작, 일어나요. 그리고 저 애를 좀 위로해 주구려. 그러면 우리 사이는 모두 풀리고, 모든 일은 다 용서받게 되고, 잊어버리게 될 거예요."

백작은 눈물을 흘리며 일어섰다. 그는 다시 후작 부인 앞에 무릎을 꿇고, 그녀의 손을 쥐었다. 마치 그 손이 금으로 되어서, 자기 손에서 풍기는 축축한 기운이 그것을 흐리게 하지나 않을까 두려워하는 태도였다.

그러자 후작 부인은 자리에서 일어서며,

"가세요, 가요, 나가요!"

하고 소리질렀다.

"불량배라도 이미 각오는 하고 있었지만, 악마 같은 당신은…… 결코!"

그녀는 백작이 마치 페스트 환자이기나 한 듯이 피하면서 문을 열고,

"아버지를 불러요!"

하고 말했다.

"율리에타!"

하고 놀라서 대령 부인이 외쳤다.

후작 부인은 죽일 듯이 사나운 눈초리로 백작과 어머니를 번갈아 노려보았다. 가슴은 울렁거리고, 얼굴은 이글이글 타올랐다. 복수의 여신이라도 그보다 더 무서

울 수는 없었다. 대령인 아버지와 산림 서장인 오빠가
들어왔다.

"아버지!"

하고 그녀는 그들이 아직 입구에 있는 것을 보고 말했
다.

"저는 이런 남자하고는 결혼할 수 없어요!"

그리고 그녀는 뒷문에 달려 있는 성수(聖水) 통에 손
을 넣어서 아버지와 어머니, 그리고 오빠에게 홀홀 끼
얹어 주고 그만 자취를 감추고 말았다.

그처럼 이상한 태도에 당황한 사령관은 무슨 일이냐
고 물었다. 그리고 결정적인 순간에 백작이 방 안에 있
는 것을 보고, 그의 얼굴은 그만 파랗게 질리고 말았다.
어머니는 백작의 손을 잡고,

"아무것도 묻지 마세요. 이 젊은 양반은 지나간 일을
마음속으로 후회하고 있어요. 축복해 주세요, 자 어서,
어서요. 그러면 모든 일은 원만히 끝날 거예요."

백작은 기운 없이 서 있었다. 사령관은 백작의 머리
위에 손을 얹었다. 그는 눈썹을 씰룩거리며, 입술은 백
묵처럼 창백해졌다.

"하늘의 저주가 이 머리에서 사라지게 하소서."

하고 외치고,

"언제 결혼할 생각인가?"

하고 그가 말했다.

"내일······."

하고 어머니가 백작 대신 대답했다. 백작의 입에서 말이 나오지 않았기 때문이다.

"원하신다면 내일도 좋고 오늘도 좋습니다. 과오를 뉘우치기 위해서 무진 애를 쓰신 백작에게는 한시라도 빠른 편이 좋겠지요."

"그러시면 내일 오전 11시에 아우구스티누스 교회에서 만났으면 좋겠소."

라고 사령관은 말하고 백작에게 가볍게 인사를 한 다음 부인과 아들을 불러서 백작을 뒤에 남기고 후작 부인의 방으로 갔다.

후작 부인의 이상한 태도의 원인을 알아보려고 여러 가지로 애를 썼지만, 결국 아무 소용도 없었다. 그녀는 몹시 신열이 났기 때문에, 자리에 누워 있었다. 그리고 결혼 문제에 대해서는 아무것도 알고 싶지 않다고 화를 내면서 혼자 있게 해 달라고 했다. 그런데 어째서 갑자기 결심을 바꾸었으며, 어째서 다른 사람들보다 백작을 더 미워하느냐고 묻자, 그녀는 커다란 눈으로 멍하니 아버지를 바라보며 아무 대답도 하지 않았다. 그녀가 홀몸이 아니라는 것을 잊어버렸느냐는 어머니의 말에 대해서, 후작 부인은 그런 경우에는 아기보다 자기 자신을 더 생각하지 않을 수 없다고 대답했다. 그리고 그녀는 모든 천사와 성자들에게 맹세하며, 자기는 결코 결혼하지 않을 거라고 딱 잘라서 말했다. 그녀가 현재 매우 흥분한 상태에 있다는 것을 아는 아버지는,

"약속은 지켜야 하지 않겠느냐?"

하고 언명을 하고, 그녀를 뒤에 남겨둔 채 밖으로 나갔다. 그리고 그는 백작과 틀에 박힌 서신 왕래로 결혼 준비를 모두 갖추었다. 그는 백작에게 혼인 서약을 내놓았다. 그 가운데는 백작이 남편으로서의 모든 권리를 포기하고 반대로 남편으로서의 모든 의무를 인정하도록 되어 있었다. 백작은 서명을 하고 눈물에 젖은 그 서면을 돌려보냈다. 다음날 아침 사령관이 그 서류를 후작 부인에게 전하자, 그녀의 기분은 조금 안정이 되었다. 그녀는 그대로 침대에 앉은 채 그 서류를 몇 번씩 읽고 나서, 그것을 접었다가 도로 펴서 다시 읽었다.

그리고 나서 그녀는 11시에 아우구스티누스 교회에 나가겠노라고 말했다. 그녀는 자리에서 일어나서 아무 말도 없이 옷을 갈아입고, 종이 울리자 가족들과 같이 마차를 타고 교회로 달렸다.

교회 문 앞에서 비로소 백작은 가족들과 동행할 수 있는 승낙을 얻었다. 후작 부인은 식을 올리는 동안 제단의 마리아 상을 뚫어지게 바라보고 있었다. 서로 반

지를 교환한 남편에게는 잠시도 시선을 주지 않았다. 결혼식이 끝나자, 백작이 그녀에게 팔을 내밀었다. 그리고 교회 밖으로 나오자마자 그녀는 백작에게 인사를 했다.

그러자 사령관이,

"가끔 딸의 방에서 만날 수 있겠지."

하고 묻자, 백작은 왜 그런지 알 수는 없지만 조금 머뭇거리다가 일행 앞에서 모자를 벗고 인사를 한 다음 그 자리를 떠났다.

백작은 M 시에 거처를 정하고, 거기서 몇 달 동안 살았지만, 그 동안 그는 백작 부인이 머무르고 있는 사령관의 집에는 발길도 돌리지 않았다. 그저 그가 가족들과 어떤 기회에 접촉을 하게 되면, 언제나 우아하고 훌륭하며 어디까지나 모범적인 태도를 보였기 때문에, 백작 부인이 아기를 낳은 후에 그는 그 애의 세례식에 초대를 받게 되었다. 모포를 두르고 있는 백작 부인은 산욕기에 있었지만, 백작이 입구에 나타나서 멀리서 조용히 말을 건네자, 그녀는 잠시 그에게 시선을 보냈을 뿐이었다. 백작은 손님들이 갓난애를 축복하는 선물 중에 두 장의 서류를 함께 아기의 요람 위에 놓아 주었다. 그가 자리에서 떠난 후에 밝혀졌지만 그 한 장은 어린애에게 주는 2만 루블리의 증서였고, 또 한 장은

그가 죽은 다음 어머니가 그의 모든 재산을 물려받을
수 있는 유언이었다.

그로부터 그는 G 부인의 초대를 받고 가끔 그 집에
드나들게 되었다. 그 집은 그에게 언제나 들를 수 있게
개방되어 있었으며, 얼마 후에는 그가 그 집에 나타나
지 않는 저녁시간은 없을 정도였다. 그때 그의 기분이
결여된 세상 질서를 생각해서 자기는 모든 면으로 용서
를 받게 되었다고 말했기 때문에 그는 자기 아내인 백
작 부인에게 다시 구혼을 하기 시작했다.

그리고 1년이 지난 후엔 그녀로부터 두번째 승낙을
받았다. 그리고 두번째 결혼식은 처음보다 더 즐겁게
엄수되었으며, 식이 끝나자 가족들은 모두 V 지방으로
이사를 했다.

그 다음에는 첫애에 이어서 러시아 아이들이 연이어
태어났다. 그리고 백작이 어느 행복한 순간에 부인을
보고 불안한 초사흘 아침에 그녀는 어떤 불량배하고라
도 결혼할 각오가 서 있는 것같아 보였는데 어째서 자
기 앞에서는 마치 악마를 피하듯이 도망을 쳤느냐고 묻
자 그녀는 남편의 목에 매달리며,

"만일 처음 뵈었을 때, 당신이 천사 같은 모습이 아니
었다면, 그때에도 악마로 보이지는 않았을 거예요."
라고 대답했다.

옮긴이 약력

동경 상지대학 독문학부 졸업
고려대학교 문리과대학 교수 역임

역 서
헤르만 헤세 ≪페터 카멘친트≫
토마스 만 ≪선택된 인간≫
프란츠 카프카 ≪심판≫
쉬니츨러 ≪말연≫ ≪젊은 미망인≫
괴테 ≪젊은 베르테르의 슬픔≫

성 도밍고 섬의 약혼 〈서문문고 174〉

개정판 인쇄 / 2000년 2월 10일
개정판 발행 / 2000년 2월 15일
옮긴이 / 박 종 서
펴낸이 / 최 석 로
펴낸곳 / 서 문 당
주 소 / 서울시 마포구 성산동 103-7호
전 화 / 322—4916~8 팩스 / 322-9154
등록일자 / 1973. 10. 10
등록번호 / 제13-16

초판발행 1975년 4월 10일 * 잘못된 책은 바꾸어 드립니다